拔 根 儿

——50后的童年记忆

李　曼◎著

世界知识出版社

图书在版编目（CIP）数据

拔根儿：50后的童年记忆 / 李曼著. —北京：世界知识出版社，2014. 12

ISBN 978-7-5012-4782-0

Ⅰ. ①拔… Ⅱ. ①李… Ⅲ. ①随笔—作品集—中国—当代
Ⅳ. ①I267. 1

中国版本图书馆CIP数据核字（2014）第273753号

书　　名　拔根儿——50后的童年记忆
Bagener — 50hou de Tongnian Jiyi

作　　者　李　曼

责任编辑　贾如梅
责任校对　马莉娜
责任出版　赵　玥

出版发行　世界知识出版社
地址邮编　北京市东城区干面胡同51号（100010）
网　　址　www.wap1934.com
经　　销　新华书店
排　　版　科鑫苑图文设计制作中心
印　　刷　北京京科印刷有限公司
开本印张　880×1230毫米　1/32　7¾印张
字　　数　154千字
版次印次　2014年12月第一版　2014年12月第一次印刷
标准书号　ISBN 978-7-5012-4782-0
定　　价　26.00元

前　言

“拔根儿”是笔者儿时喜欢的一种游戏。已经走进夕晖的“50后”们，他们的童年镌刻在上世纪60年代，那是一段纯真宁和与动乱噩梦交织的岁月。

如今，在北京这个富丽炫彩的大都市里，工作节奏和生活压力让50后们更加珍视儿时友谊，聚会成为一大乐事。笔者和几个发小在同一个机关大院里长大，当两鬓飞霜再相聚时，童年生活的点点滴滴便成为最惬意的话题。这让笔者有了一种将这些记忆写作下来的冲动。

此外，本书的写作也为钩沉起消逝的“大院文化”。解放初期，由于政府工作人员陡增，京城郊外建起了多个宿舍大院，它们有别于胡同四合院，有着特殊的文化氛围。上世纪80年代末住房政策改革，人们不再靠单位分房，而是购买商品房和租房住，机关家属大院连同其邻里文化也随之淡出，沉淀为一段历史。

本书通过孩子的眼记叙了那个时代人们的友情、爱情和师生之情:《小黑叔叔》中被压抑而优美的爱情;《美丽的“无缝钢管”》中大院小霸王对女友的一往情深;《独身班主任》中境遇不佳、却一直默默照顾班主任的男同学……一个个小故事直陈那个时代的是非善恶，显示出50后们的人生观和价值观。

无论岁月更迭风云变幻，每个时代的人们都有自己独特的童年生活，每个人都有难以磨灭的童年记忆。当我们把它小心地挖出来，拂去历史尘埃，就成了珍贵的收藏品——无法用金钱衡量，却温暖和快乐着我们的心。

李　曼

2014年11月于北京

目　录

小黑叔叔

我8岁那年，同单元房的芳邻终于搬走了。最该松口气的是我老爸，因为老妈是火爆脾气，经常因为鸡毛蒜皮和邻居发生龃龉；大家都在同一单位上班，微妙的关系实在难以拿捏。

上世纪60年代中期，北京的城市住房异常紧张，在我们机关家属大院，楼房里的一套单元房要住上两家甚至三家人。我家住在三室加一条狭窄过道的单元房里，占了南北通透的两间套房，另一间朝北的房子是别人家，一般都是结婚不久的年轻夫妇，等有了小孩儿他们就搬出去改善住大房。那时候分房政策很特别，如果你家有一儿一女就可以分到三室，如果是“同一品种”——都是女儿或者儿子，就只能分到两室。像我两姐妹这样的家庭只能和别人合住。老妈偶尔也抱怨几句，说如果妹妹是男孩子，我家就可以独占一个单元了。

搬走的邻居男的姓洪，和我家关系素来不睦。两口子都是那种眼睛朝天走路的高傲人，一般人不入法眼。他俩是学外语的，学的是一种叫什么柏柏语很生僻的语种，非洲人使用的，如果只呆在中国一辈子也用不上几次。学小语种其实也有风险，国家之间如果不和，你就要在冷宫里无休止地翘首等待，像王昭君一样，非要等到匈奴的呼韩邪单于来娶才有出头之日。

忽一日，匈奴人真的来娶了——据说某个国家领导人要去阿尔及利亚访问，急需柏柏语翻译，拐弯抹角地找到了洪姓邻居。单位领导当宝贝似地捧着，尽可能满足他们的要求，改善住房就成了头等大事。可单位有言在先，新婚夫妇要等到有了小孩才能调换房子，他俩尽管十二分的努力，却始终没见动静。

于是，两口子找了许多必须换房的理由，其一是我外婆总把泡菜坛子放在走道上，怪味熏天让他们无法看书学习。外婆是四川人，喜欢用圆白菜、胡萝卜、莴笋等蔬菜做泡菜吃。过道里放着一个古铜色大肚子小口儿的土陶坛子，里面放些凉透了的白开水，倒进白酒和盐、糖、花椒之类，再将蔬菜放进去，用一个碗倒扣在坛口，沿口还放些水用于密封。一两天后拿出来吃，酸酸的，爽爽的，很有味道，但那味道充溢着过道，让芳邻很不爽。

此外，外婆做饭时喜欢用花椒和辣椒炝锅，“刺拉”一声，锅里冒出白烟和一阵浓烈的椒香，我从小就喜欢这味道，却让来自江浙的邻居不堪忍受。他们向领导倒苦水，领导便找我父亲谈话。父亲回来传达给老妈，老妈立刻跳起脚大声发泄不满，吓得老爸连忙关上房门，生怕给邻居火上浇油。在老爸的一再规劝下，我家的泡菜坛子被搬进屋里，炒菜不再用花椒和辣椒炝锅。可洪姓邻居还是不满，又抱怨我两岁的妹妹爱哭闹，搞得他们晚上难以入眠。我母亲当过兵，泼辣而且厉害，性起时有点儿梁山泊好汉不怕天王老子的劲头，于是，邻里爆发了战争。吵架声几乎把全楼的人都惊动了。之后，洪姓邻居便顺理成章地搬家了。

邻居搬走后，我们全家都感觉很爽。两家人共用一个厨房一个厕所，免不了磕磕碰碰的。早上起来上厕所总有争夺无名高地的感觉，似乎谁抢到了谁就占领了制高点。那时因为周围多数人都是这样合住的，因此我从来不妄想自家人能独住在一套单元房里。

可是好景不长，听说很快又要有新邻居来了。为了避免战争，老爸提前打听到新邻居是个从印尼回来的归国华侨，四十多岁，脾气秉性都有良好口碑。

一天，我正独自在家享受着一人占有三间屋子的快乐，忽然听见敲门声。开门时，外面光线强烈，只在朦胧中看出是一男一女，看上去，女的年龄更大些。

“小朋友，我们是来看房的，要和你家做邻居了。”那个阿姨笑着对我说，很亲切的样子。

等我将他们让进来，走过光线很暗的过道进入那间已经被腾空的北房时，才看清他们的模样。说真的，我还从没见过如此漂亮的一对人儿。那阿姨看上去25岁左右，皮肤白皙，眉目清秀，洁白如玉的额头上覆盖着卷曲的刘海。她眼里含笑，是那种孩童般毫无城府纯真的笑。最吸引我的是她的装束，时尚而不张扬：臂肘上挂着紫色外套，上身穿着一件玫瑰灰的细绒线毛衣，是用那种叫开司米的毛线织成的；下身是灰色长裤，黑色高跟皮鞋，穿戴合体而且恰到好处地勾勒出她的曲线美。那年月生活还算富足，“文革”还未爆发，女人们可以穿着高跟鞋、梳着烫发在街上大大方方地走路，不过像这样精致的打扮很少见。

“我姓江，你就叫我江阿姨吧，他呢，就叫他小黑叔叔吧。”

小黑叔叔看上去更年轻，中等个，皮肤略黑，生得英武俊朗，眼神宁静却沉淀着温情，让人赏心悦目。他穿着深蓝色的外套，领口敞开，可以看见里面洁白挺括的衬衫。走过过道时他友好地冲我点点头，轻轻笑了一下，露出洁白的牙齿，在昏暗中闪着珍珠一样的莹光。他走过时，我闻到隐隐的香皂味，风一样飘过去，那种洁净宁和的气质真讨人喜欢。难道他就是传说中的印尼华侨？老爸说是个四十多岁的中年人，看来情报有误。

他们走进那间只有12平米的北房，看看四面的墙壁，又走到窗口向下望望。

“这里可以放床。”小黑叔叔用手丈量着墙角和门之间的距离。

江阿姨点点头，指着另一个角落：“五屉柜放在这里好啦。”

大门开了，老妈抱着妹妹和外婆一起进来了，外婆手里还提着一网兜蔬菜。妈妈放下孩子走进北房：“是新来的邻居吧？”

江阿姨赶紧和老妈打招呼，小黑叔叔看见妹妹，眼睛一亮，走过来弯下腰温和地问：“你叫什么名字？”

“京京。”

“几岁了？”

妹妹伸出三个手指头：“两岁半了。”

趁江阿姨和妈妈寒暄的时候，小黑叔叔抱起妹妹逗她玩，看样子他很喜欢孩子。

最后，江阿姨转身说：“黑子，咱们走了。回去还有好多事情做呢。”

小黑叔叔轻轻地亲了亲妹妹的小红脸蛋儿，不舍地把她放下。

经过过道时，江阿姨脚下绊了一下，小黑叔叔赶紧伸手扶住她。原来，洪姓邻居搬走后，外婆便肆无忌惮地在楼道里摆起坛子大阵：一坛泡菜，一坛江米酒，还有一坛是辣白菜豆腐。如此这般，过道里的味道可想而知。

妈妈在新邻居面前居然有些歉疚地说：“是我家的泡菜坛子，等你们搬进来，我们马上放进屋里去。”

“没关系，没关系。”江阿姨说：“佳佳妈，过道这么黑，怎么不开灯呢？”

“嗨，前一家邻居不愿意掏电费，说他们从来不在过道上放东西，不用电。我们也不愿意自己一家买灯泡掏电费，就这样一直黑着。”

“灯泡我们来买，”江阿姨赶紧说：“电费你们说怎么算就怎么算。”

老妈脸上绽开笑容：“看你们也是爽快人，这些咱们都好说。”

等他们走后，妈妈对我说：“这两口子人不错，咱们总算遇到好人了。”

掌灯时分，全家人坐在一张小圆木头桌子旁吃晚饭。爸爸问妈妈新邻居是机关里哪个部门的，做什么工作？问得妈妈一时语塞。老妈有时候脑子不够数，遇到陌生人先东拉西扯说一大堆没用的，譬如你这件毛衣在哪里买的，鞋子是不是牛皮之类，人家姓甚名谁在哪里工作等关键问题一概不知。她只好说那个江阿姨看上去像演员，因为只有演员才把刘海浅浅地卷起来。我听了立刻加快吃饭速度，为了早一点儿去告诉青青、毛毛等一干朋友，我家来了个当演员的新邻居。更重要的是，来了一个英俊而和气的小黑叔叔，还是归国华侨。毛毛她们知道了，一定会羡慕的。

一碗炸酱面还没吃完，大门外传来了敲门声，应声从厨房里跑出来的老妈立即过去打开门。

一个中年男子站在门外昏暗的光影里，用略带沙哑的声音说：“你好啊！我是你家新来的邻居。”

妈妈一愣，说：“上午有人来看过。”

来人说：“我知道。我白天太忙，只好这时候过来看看。打扰了。”

爸爸赶紧把来人让到家里。他看上去有40岁了，个不高，皮肤黝黑，一双眼睛布满鱼尾纹，很友善也很有沧桑感。眼下老爸老妈肯定都和我一个想法，认为是机关行政处的人搞错了，一间房子分给了两户人家。他看出我们的疑惑，赶紧说自己姓文，白天来的江阿姨就是自己的妻子，我们全家都大为错愕，他们的年龄很悬殊啊。

爸爸和文叔叔没说上几句，忽然说：“我想起来了，我说以前在机关里怎么没见过你，你是刚从印度尼西亚回来的吧。”

“是的。我原来是那边的华侨，一直在咱们机关的分支部门工作，前一段那边搞反华、排华，分支机构也遭到冲击，总部就把我们这些人调回了。”

原来他就是那个印尼华侨，我们的崇敬之情油然而生，那年月人们对归国华侨都怀有几分敬意，毕竟他们是心向祖国啊。

不过看他的岁数不应该是新结婚的，难道他在印尼时一直都是单身？难道他非要等到回国才娶妻生子？

那么，小黑叔叔是谁呢？也许是他们的亲戚，或者是同事。也许就是普通朋友，因为文叔叔工作忙，就暂时陪着江阿姨来看房子，以后就和这套房子再也没关系了。我觉得有些失落，顿时没了向朋友们显摆的兴致。

没想到在后来的日子里，小黑叔叔和我们，和我们这套房子纠缠在一起，演绎了让我难忘的故事。

没几天新邻居就搬完家，他们的家具很简单，一张双人床，一个木色五屉柜，最独特的是还有一个浅色欧式梳妆台，那是我第一次见到。此外，12平米的房间再也放不下什么了。收拾停当后文叔叔一定要请我们全家大小吃晚饭。小黑叔叔也来了，一声不吭地帮他家擦窗户玻璃。文叔叔和江阿姨在厨房里忙活。他们把一勺搅拌好的生鸡蛋摊一些在平锅里，放上调好味道的肉馅，像包饺子一样封上口，做成了一个个金黄色的蛋饺，再撒上粗颗粒的黑胡椒粉。那时候猪肉9毛钱一斤，我家一星期才吃两毛钱的肉，这样的菜肴真够奢侈的。

晚宴在我家举办——这是必须的，文叔叔那间12平米的房子连桌子都放不下。妈妈拉开折叠桌，放在我和外婆睡觉的两张单人床中间，又摆好几张凳子。一大盘蛋饺端上桌，还有一大盆红色的罗宋汤，里面除了西红柿和洋葱，还放了些细碎的牛肉丁，香气扑鼻；记得还有蔬菜沙拉之类的菜肴，都是我从没有见过的洋玩艺儿，也算是开了洋荤吧。

吃完饭，大家围在一起说笑。言谈中我才知道江阿姨和小黑叔叔同在河北一个文工团工作，阿姨是舞蹈演员，小黑叔叔是吹笛手。文叔叔骄傲地说：“他们都是团里的骨干，我家小江是跳领舞的，黑子是团里的独奏演员，吹得可好了。”

我抬头看着小黑叔叔，见他腼腆地一笑，露出洁白的牙齿。

妈妈说："那就给我们表演一个吧。"

我赶紧跟着起哄，外婆也抱着妹妹坐到一边。爸爸把活动桌子收起来，腾出一小块地方。江阿姨大大方方地走到屋子的另一边，拽了拽衣角，低声和小黑叔叔商量了几句。小黑叔叔点点头，起身从草绿色书包里拿出一支黑亮的系着红色流苏的笛子，用修长的手指捏着笛子凑在唇边吹起来。

清脆柔美的笛声振翅飞起，如银铃过耳，似乳燕和鸣。忘记吹的是什么曲子了，笛声在耳，我只觉得恍如在春天的清晨走进一片青翠竹林，摇曳的竹枝在阳光里微微颤抖；叶露在晨光中如珍珠般轻轻滚动；山石上清凉甘美的泉水奔涌跳荡，一直流进人们干涸的心田。后来每当我听到《翠笛春晓》旋律时，总疑心就是当时他吹的那支曲子。

江阿姨随着笛声翩翩起舞，像月里的嫦娥，舞蹈是自选动作、临时编排的，却如行云流水般挥洒自如。我看见文叔叔坐在旧凳子上，含情脉脉地注视着妻子，眼里充满着难以名状的深情。

在大家鼓掌赞扬的当间，我拽拽小黑叔叔的衣角："小黑叔叔，教我吹笛子吧。"

他眼里充满着笑的光辉："真的，你想学？"

"当然。"

"好哇，我就收你做徒弟。"

老妈插嘴说："小黑，别听佳佳的，她想起一出是一出，干什么都是三分钟热气。"

小黑笑笑："没关系，学就比不学强。"

那一晚我们都很快乐，而且这快乐一直延续下去，让我家和新邻居亲密得像一家人。冬天的傍晚，大家经常围在桌旁一起吃饭，谈论着各种新鲜事，在没有电视缺少书籍的年代，一个好邻居可以给生活增加无限乐趣。

"文革"开始后，老爸老妈每天忙着开会搞运动，回来很晚。感谢上帝，他们和文叔叔参加了同一个革命组织——革命联合会，让两家的友好关系延续下来。文叔叔夫妇俩很好客，一俟家里有客人来都要请我们家一起吃饭，也由于他那12平米的小房子实在转不开身。他家来得最勤的客人就是小黑叔叔，有时候我几乎把他看成是这个家庭的一员了。

老妈有个好友，是楼上娜娜的胖妈，每天吃完晚饭刷锅洗碗完毕，两个中年妇女就开始楼上楼下地相互"流窜"。她们通常带着正在编织的毛活儿，坐在里屋的床上，用手勾着毛线一边快速地穿插着毛衣针一边享受着聊大天的乐趣。有时候发生了新鲜事，老妈连碗都不刷就飞快地跑到楼上去"新闻速递"。在没有电视、电脑的年月，许多女人们就是这样打发时光。她俩在里屋聊天时总爱把门关上，好像说的是天大的军事秘密。越是这样，我越喜欢在门边溜达，有时候故意把门碰开一条缝，偷听她们的谈话。

有一次，听见他们在谈论我家新邻居。娜娜妈说："佳佳妈，你说难道老文以前没结过婚？”

“结过婚，听说是印尼当地的一个千金小姐，他要回国，那小姐不愿意跟着回来，就只好离婚了。”老妈说。

“是这样啊，难怪，看着他和小江岁数差那么多。他俩怎么认识的？又不在一个单位？”

“不清楚，对了，好像老文跟小江的大哥是老朋友。”

“哦。那个黑子呢？我总看见他来，人长得真不错，不知道和他们是什么关系？”

“他是小江的同事，我估计……”老妈神神秘秘地把嗓子压低，后面的话实在听不清。

这些情报转眼就成了我和伙伴们聊天的谈资，因为像毛毛之类的对八卦新闻特感兴趣。大家使劲儿猜测我老妈压低嗓子说的那些话，最终也没猜出个所以然。后来她们听说我想学吹笛子，都跟着起哄。

“我也要学。”

“跟小黑叔叔说说，让他来教我们吧。”

我傲慢地说：“那要看人家有没有时间了。”

我那学笛子的热情不幸被老妈言中，果然只持续了一半天——当然比三分钟长些，就再没对小黑叔叔提起过。

一个星期天，江阿姨文工团里的领导来做客，小黑叔叔也来了。照例是两家人合在一起吃午饭。江阿姨和我老妈、外婆在楼上忙着做饭，我在楼下忙着和青青、毛毛们玩丢沙包跳房子。不一会儿，小黑叔叔抱着我妹妹下楼来了，站在一边聚精会神地看我们玩。我奇怪团里的领导来做客他为什么不陪着说话，更奇怪他为什么眼神忧郁、剑眉紧蹙，一副不开心的样子。

生于50年代的北京人可能都记得“跳房子”，据说它还是一种世界性的儿童游戏。跳之前，在地上画出连在一起的方格，多画成飞机状。先把沙包单脚踢进第一格，再踢进第二格，依次进行下去，直至将沙包踢过全部方格。如果沙包压线、出格就算失败，要换人玩。

妹妹看见我们玩得开心，也吵着要玩，我瞪着她说：“别吵，你又不会玩。”

妹妹的嘴角向下耷拉，这是一个危险的信号，标志着接下来的节目就是咧开嘴巴大哭了。小黑叔叔赶紧说：“我带京京玩吧。”

这个建议及时地避免了一场哭战。大家连忙站到一边，看着他小心地领着妹妹，一格一格地踢着沙包。从第一格开始到整个过程完成，他那英俊的眉毛逐渐舒展开来，脸上也有了笑意。

毛毛走到他面前说：“小黑叔叔，听说你要教佳佳吹笛子？”

他抱起妹妹，说：“是啊，不过佳佳好像很忙。”

青青说：“我不忙，我想学吹笛子。”

毛毛和娜娜也吵着说：“我想学，我也想学。”

我双手叉腰，站在一旁恨恨地看着这些妞儿们上赶着的样子。

小黑叔叔说:“可以呀，你们都有笛子吗？”

“没有。”

他想了想，说:“开始学的时候不用使好笛子，过两天我买几根给你们。”

大家都高兴地欢呼起来。

老妈推开窗户，扯着嗓子叫起来:“佳佳，吃饭了。还有黑子，快上来吧！”

当我坐到饭桌前时不禁两眼发直，虽然比不上满汉全席，却是我有生以来见到的最丰盛的宴席了。一大盘切成薄片的天福号酱肘子，听说是文叔叔早上6点就出门到西单排队才买到的。那年月物质匮乏，想吃点儿好的就要起早排队，比现在到大医院挂专家号还困难。一大盘金黄色的蛋饺，是文叔叔的拿手菜。回锅肉是老妈的手艺，亮晶晶的“樱桃肉”一定是老妈在外婆指导下做出来的。还有裹着鸡蛋面做成的椒香炸带鱼段儿，是我的最爱，想必一定是老爸大清早爬起来去菜市场排队买的，这样宽的带鱼并不多见。两家人全体总动员，仅仅就是为了招待江阿姨的领导。

说实在的，那个领导很不招人待见。他长得矮胖短粗，脸上凸凹不平，酒糟鼻，三角眼，说话挤眉弄眼的。一个艺术氛围浓厚的文工团怎么会生出这等人物！他姓曹，是团里革委会主任，很有权势。

小黑叔叔坐在曹主任身边，一声不吭。江阿姨不住地给曹主任劝酒，见他喝得高兴，赶紧说："曹主任，您看黑子这事……"

曹主任带着醉意伸出一根胖手指头指点着说："小江我跟你说，黑子他犯的错误是严重的，啊，不参加革命造反运动，不参加学习毛主席最新指示，也不请假就躲到北京来，这是什么性质的问题，这是严重的反动，啊，反动。"

老爸端起小白瓷酒杯："来，曹主任，我敬你一杯。"

见主任又喝了一杯，江阿姨说："主任，黑子他太年轻，父母又去世早，有些事情做的不周到，您多原谅呀。"

曹主任醉眼矇眬地斜视着小黑叔叔，"黑子，你只要听话一切都好办，要不然别说这次在北京彩排不让你来，就是平时有演出你也参加不了。"

小黑叔叔脸色铁青，低着头一言不发，我挨着他坐，感觉他的身体在微微发抖，好像是一座沉默的火山，爆发前正拼命压抑着愤怒。

江阿姨赶紧接口道："曹主任，这么说您同意黑子留在北京参加彩排了？来，我敬您一杯。"

曹主任的酒糟鼻子更红了，他伸手拍拍黑子的肩膀："我说黑子，你也太奇怪了，宁愿在北京住地下室也不回团里？你在团里的宿舍可是我亲自挑的，是咱那里最好的房子。你老在小江这里腻什么，人家有家有丈夫，你算哪门子。"

小黑叔叔狠狠地把筷子拍到桌子上，表示他已经无法忍受了。文叔叔一脸尴尬，还是赶紧站起来给曹主任夹菜，打圆场地说:“没事的,主任,黑子和小江关系一直不错,我们关系都很好。”

这顿饭虽然吃的不那么痛快,但事情解决了,那个曹主任总算同意小黑叔叔留在北京,和江阿姨一起参加几个文工团合作演出的大型歌舞节目。临走时,江阿姨几乎是推着小黑叔叔,让他去送送曹主任。我跟着他们走下楼,在单元门口看见曹主任伸手拍拍小黑叔叔的脸,“黑子,好好干,小亲,我等着你回来。”

小黑叔叔厌恶地推开他的胳膊,表情像吃了口绿豆苍蝇一样。如果那个酒糟鼻子碰我,我也会同样感到恶心。许多年后,我才逐渐了解“戏霸”的含义,也知道了他们的不齿,而电影《霸王别姬》的某些情节让人更清晰地看到这类人的丑恶灵魂。

曹主任的离去让小黑叔叔如释重负,温情而安详的神采又回到他俊美的眼睛里。第三天,他就背了一书包笛子匆匆来找我,要我发给毛毛她们。这些笛子是竹子做的,有些粗糙,是市面上卖的最简单、最便宜的那种,即使这样,估计也要花去他半个月的工资。那一天我们十分快乐,可惜小黑叔叔要参加排练很忙,没说几句话就匆匆走了。不过他说过两天一定抽空来教我们。大家拿着笛子在一起唧唧喳喳地谈论着、憧憬着,希望有一天也能像小黑叔叔那样吹出动人心魄的曲子。

不过,后来发生的事情让小黑叔叔食言,也让我们从此与笛子无缘了。

那是个初秋的下午，我闲来无事在家里逗妹妹玩。我跑她追，屋子本来就不大，又放了床、衣柜和桌椅板凳，结果她脚下一绊摔倒了，眼角磕在一个小凳子的边上，顿时鲜血直流。妹妹声嘶力竭地大哭起来，我完全傻了，脑子里一片空白。外婆从厨房跑过来，大声地对我怒吼，吼的是什么一概听不见。怎么办？单元里除了我和裹着小脚的外婆，再没别人了。父母上班，文叔叔在单位，江阿姨在市里排练。外婆很少出门，连医院在哪里都不清楚，我一个8岁孩子更不知道如何是好。

天无绝人之路。文叔叔家的门出人意料地打开了，小黑叔叔从里面走了出来。他睡眼惺忪地一边系着藏蓝色上衣的扣子，一边慌忙问："出什么事了？京京怎么了？"

当他看见满脸是血的妹妹，顾不得系扣子，抱起她就往外跑，一边对我说："我去儿童医院，快想办法通知你妈妈！"

等父母赶到医院时，妹妹已经进了手术室，开始缝合伤口。小黑叔叔站在手术室外，从半开的门看见手术台上哭闹的妹妹，心疼地用手揪住自己的衣领。医生说幸亏来得及时，不然的话她裂开的眼皮即使缝上也会留下很大的疤。当爸爸背着头缠纱布已经睡着的妹妹回到家里时已经是夜里12点了。文叔叔和江阿姨都没睡，俩人穿着精致的丝绸睡衣在我家等消息。

这时候我才发现，小黑叔叔不知道什么时候消失了。

妈妈把医生的话对大伙学了一遍，说："幸亏黑子在家，及时把孩子送医院，不然的话京京这眼睛就危险了。"

文叔叔奇怪地问江阿姨："黑子怎么会在这里？"

江阿姨赶紧解释说："哦，是我把钥匙给他的。他这些天排练太苦了，地下室又吵总睡不好觉，我想反正白天咱们都不在，就让他来休息一下。"

文叔叔没说话，我看他脸色阴沉下来，一副很不高兴的样子。

江阿姨半撒娇地拽着他的胳膊说："怎么啦？你不高兴了？"

文叔叔一甩手进了自己家，江阿姨跟在后面小声说："你要是不愿意，我以后不这样做就是了。别生气了啊。"

然后，他们回屋并紧紧关上了门。

这以后的几天里，我成了家中的千古罪人。妈妈警告我千万不要让妹妹哭，她要什么就给什么。白天，妹妹坐在床上，一只眼睛被白色纱布缠住，另一只小眼睛却不闲着，滴溜溜地到处乱转。

"给我那个！"她神气地指着我挂在衣架上的军用书包。那里面放着小黑叔叔送我的笛子，上次因为不给她玩还哭了一场。可眼下我必须像供着佛爷一样地供着这小姑奶奶，只好双手奉上。谁知她抄起笛子当打狗棍使，高兴地敲敲椅子，打打桌子，搞得我心疼不已。

这些天，连我都发现单元里的气氛有些紧张。文叔叔两口子一下班就闷在屋子里，也不来我家了。每当我走过他家门口时总故意放慢放轻脚步，想侦听一下里面的动静。有时是凝固一样的沉默，有时是文叔叔说话的声音，还有一次听到了江阿姨的哭声。

娜娜妈来的时候，老妈又照例把文叔叔家的情况汇报一番，她俩整个晚上都在不辞辛苦地探讨研究，特想搞清楚文叔叔、江阿姨和小黑叔叔之间到底发生了什么。其实她们并不在乎结论如何，这种事情钻研探讨的本身就让她们很享受。

后来听说，文叔叔参加的“革命联合会”的对立派“灭资战斗队”，不知从哪里得知了小黑叔叔的事，在单位楼墙上贴出大字报，说文叔叔家的江阿姨如何不正派、搞破鞋之类。那时候的大字报五花八门，一个知识分子聚集的大机关，贴出的大字报和泼妇骂街有异曲同工之效，攻击对方的理由竟有某某人不洗袜子熏臭办公室、某某人买菜顺了人家两棵小葱等这样上不了台面的糗事，而最吸引眼球的当然是男女关系方面的揭短或者无中生有的捏造。现在想起来实在好笑。

本来文叔叔就一肚子气，加上江阿姨让小黑叔叔在家休息的，当然忍不住要爆发了。那几个晚上，我一走进过道就觉得有滚滚硝烟从邻家12平米的小房子门缝里往外冒。

过了没几天，似乎一切都烟消云散了。文叔叔和江阿姨照例和我们一起吃晚饭，席间有说有笑，倒是老爸老妈很谨慎，尽量不在他们面前提起小黑叔叔的事。

几天后的一个上午，穿一身灰色西服套裙的江阿姨提着一架120德国莱卡相机忽然来找我。“佳佳，今天有事吗？跟阿姨去公园玩好吗？”

“好啊，现在就走吗？”反正我也没学上，每天最重要的功课就是和青青她们玩跳房子。

“去和你外婆说一声，我们中午饭在外面吃。”江阿姨嘱咐着。

在北海公园的门口，我们看到了小黑叔叔。想来他们一定是事先约好在这里碰面，又碍着别人看见说闲话或者文叔叔不高兴，就拿我当了“电灯泡”。

小黑叔叔这天格外英俊，眉峰舒展美目流盼；上身是雪白的衬衫，袖口高挽领口敞开；下身是一条蓝黑色的裤子，很合体，勾勒出笔直修长的双腿；那只随身不离的草绿色书包没有斜挎在肩膀，而是提在手里。

小黑叔叔仔细向我询问妹妹眼睛的情况，知道没什么大碍，神情显得轻松些。

我赶紧问：“小黑叔叔，你什么时候教我们吹笛子呀？”

他想了一下，说：“别着急，等我有了时间马上就教。”

因为不是周末，公园里显得很冷清。秋风乍起，落叶纷纷，开始泛黄的柳条在水边和林荫道上漫无目的地飘拂着。路尽头是一座古铜色毛主席接见红卫兵的塑像，表现头戴军帽的红卫兵小将激动地围着毛主席的情景。我爬上去摆了个当时经典的造型让小黑叔叔照相——表情神圣地将一本红色毛主席语录捧在胸前。之后，我们又分别在九龙壁和白塔前留影，还让一个打扫落叶的阿姨给我们三个合了影。

江阿姨和小黑叔叔好像有很多话要说，一路上说不够，转过九龙壁又坐在五龙亭里说。我觉得很无聊，寂寞地用脚尖踢着路边的石子。每隔几分钟我就要跑回这边看看，见他们还坐在亭中的木条凳上说着什么，只好失望地离开。有一两次看见他们两人相向沉默，我以为无聊的时光总算盼到了头，结果没等走近他们又开始谈话。当“电灯泡”实在不那么有趣。其实我宁愿去中山公园，那里有能升降的转动飞机，是上世纪60年代北京孩子的最爱，5分钱坐一次，我每次去都要享受一下。

也许是为了照顾我的情绪，江阿姨提出去划船，还买了面包、香肠和水果准备在船上吃。

天色青灰，大朵大朵的乌云压上来，看样子要有一场秋雨。宽阔的湖面上很清净，几乎只有我们一条小船孤零零地漂流着。江阿姨用小水果刀把面包切成片，香肠也切片，递给我和小黑叔叔，然后开始细心地削苹果皮。

小船划破了镜子般平静的湖面，涟漪一漾漾地向四周晕开去，悄然无语。小黑叔叔剑眉紧蹙地望着它们发呆，手里捏下一小块儿面包，机械地往嘴里送。我肚子里塞进许多东西，面包、香肠、鸡蛋……感觉困倦，便歪在江阿姨的怀里沉沉地睡去。

一阵清亮的笛声把我吹醒了。我睁开眼，看见夕阳从乌云的缝隙中透射过来，将云朵打造成镶金的玫瑰，不仅把天薰成金红色，也将岸边的柳树和湖水映成金色。小黑叔叔身披霞光坐在船头，横笛轻吹。明晃晃的金光照得我眯起眼睛，也将他的侧影勾画成大理石雕像一样静美。他的眼睛里汪着水，晶莹闪亮。这天空、云霞、湖水、船和船上的人，恍如雾纱般的梦一样缥缈美丽。

笛声呜咽，没有了翠笛春晓的轻快和灵动，充满着凄美的忧伤，甚至无望和绝望。夕阳渐深，将湖水浸润成一片金色，安详的流光在无声地飘荡。这笛声让我想起冬夜里刺骨的寒风和大海上骇人的巨浪，冰冻之前最后一棵挣扎着开放的雪莲，暴风雪中孤独燃烧的一炬星火。

听着悲伤的曲子，江阿姨潸然泪下。

离开公园时已经有了凉意，小黑叔叔背对着夕辉向我们挥手，他就一直那样笔挺地站在那儿，直到我们拐过街角。

“江阿姨，小黑叔叔什么时候来咱们家呀？”

“可能要过一段时间，他要回文工团了。”

“他不在北京排练了？”

江阿姨摸摸我的头，说：“我也不知道，我想，他会来的。”

后来，小黑叔叔再也没出现在我们的单元里，他像空气一样，从每个人的视野里消失了。他送给我的那根笛子已经被妹妹敲坏，不知去向，也许搬家的时候被妈妈扔掉了。

半年多后江阿姨怀孕了，和文叔叔一起搬进城里另一处机关家属大院，住进了大一些的房子，我们两家人来往逐渐少了。

几年后我在院子里遇见了江阿姨，她还是那么美丽，只是比从前更加成熟、丰腴。往事鲜活如故，恍如昨天。我又问起了小黑叔叔的情况，她眼里闪现出泪光，哽咽着告诉我自从那次去北海划船后他就消失了——既没有回文工团，也没有回老家，谁也不知道他去了哪里。她做了许多努力还是没有找到。有人说他出家当了和尚，也许落脚峨眉，也许去了九华山，或许，他已经在渺渺笛声中驾鹤西行……

小黑叔叔宛如落在人间的一块美玉，为了保持自己纤尘不染的纯洁，他在混沌的尘世上不断退避着、躲闪着，一直退到无路可退，终于决绝地出走。他遁身于方外，坚守着心灵的自在与纯净。

每当我望见西天上耀眼的晚霞，总像看到他那一双忧郁而俊美的眼睛，隔着千里万里，远远地向人间望过来。也许，这里还有他藕连的爱，和无法消弭的深情。

小黑叔叔，你在哪里……

"粮票好像对我笑"

上世纪80年代初的一天，好友青青在电话里告诉我一个爆炸性新闻：机关家属大院的傻吴明天结婚。

"谁？傻吴？他也能结婚？……不，我是说他跟谁结婚呢？"

"你认识的。"

"我认识，谁呀？咱们大院的？"

青青好像不愿意说，"就算是吧，你不是要来大院找我吗，来了就知道了。"

傻吴的真实名字早已被人忘掉了，因为是家中老二，也有人叫他吴二，小时候因为生得白净端庄又聪明可爱，在大院里小有名气。记得在幼儿园他经常当报幕童，相当于今天的节目主持人。遥想公子当年，一件雪白衬衣配着藏蓝色长裤，脸蛋儿两边各打着胭脂红，站在舞台上丰神俊朗、光彩照人，赚足了眼球儿。他父亲是1938年参加抗战的老革命，也是机关里的高层领导人，以他的背景根基日后应该前途无量、鹏程万里。不幸的是1963年他刚上小学时，莫名其妙地发高烧抽风，又被医院误诊，错吃了药，从此变成了智障儿。父母带他遍访各地名医毫无结果，他的智力始终停留在六七岁上。他无法用言语表达心思，稍微复杂一点儿的事情就懵懵懂懂；能掰着手指头数清一加一等于二已经是他的顶级水平了。

那时候没有培智学校，没有益智班，没学上，傻吴便整天和传达室的王大爷呆在一起，经常坐在大爷的腿上，从木格窗里看着大门口出出进进的行人发呆。傻吴家有个老阿姨，是他父亲陕北老家的远亲，每天做好了午饭提着铝制饭盒给他送到传达室。他吃完饭，嘴巴里还包着一大口没咽下去的饭菜，两腮鼓鼓的，像只护食的小猴子，就那样仰头朝天地躺在传达室的木板床上睡着了。

长大一些，傻吴就帮助王大爷做些简单工作。那时大院居民订的报纸和牛奶都送到传达室放着，人们下班回来时顺便取走；如果有人忘记拿了，他就专门送上门去。有时晚上10点多了，楼下还会响起傻吴的敲门声，住户们即使被吵起来也没怨言，都知道他是好心怕报纸丢了，或者牛奶变质。再后来他还学会了叫接电话。当时整个大院里就传达室有一部电话，遇见急事要靠当班人跑到楼下喊叫。常常各家都熄灯了，还远远地听见王大爷的声音：

“4楼1门的王敏，接电话！”

没人对半夜喊声提出抗议，都知道这个钟点来叫人一定有急事。对傻吴来说，要准确地记住接电话人的姓名和楼门牌号并非易事。开始是王大爷陪着他，一遍遍地练，渐渐地他自己也能单独做了。

“2楼5门的陈正接电话！”

“5楼4门的张申，传达室有电话！”

无论盛夏寒冬，傻吴那略带沙哑的叫声在夜色里划过大院上空，犹如西单电报大楼的钟声或者前门更夫的喊夜声一样，给人一种朦朦胧胧、缭缭绕绕的怀旧感。

真想不到，当年那个傻乎乎的半大小子如今也要结婚了，谁会嫁给他呢？我所认识的大院女孩都是智力正常或者超常的，似乎没有和他般配的弱智。

因为和青青有约，翌日一早我便冒着早春的寒风乘车去了城西皇亭子机关家属大院。据说很久以前这一带有三个黄顶的亭子，是皇上外出巡游歇息的地方，故而得名。以前这里是片苇子地，间或洒落着一些小水洼，荒凉得很。解放后因为机关数量暴增，地皮金贵，一些单位纷纷将家属宿舍迁到城外。40年前皇亭子还是城外的荒僻之地，现在早被军事博物馆、中央电视台、世纪坛等占领，已经是寸土寸金了。

我家早几年就搬出大院，重回曾经生活了8年的家属大院，怀旧中有一种难以名状的失落感。原先宽阔的大院里像栽葱一样插进了好几栋十几层高的塔楼，将阳光挡在三层楼以上，也将儿时的景象统统挤回我的记忆里。

记得当年传达室平房后面有一大片杂草丛生的空地。1959年到1961年的“三年困难时期”，政府号召大家种粮食自给自足，机关领导就把这片地划成若干小片分给干部们。各家地块儿之间都用一些小竹竿斜插着分开，有的人家精心地用树枝围成篱笆。大家在地里随心所欲地种起了西红柿、茄子、黄瓜、玉米等，高高低低、红红绿绿的，成熟时更显得杂乱无章，仿佛小孩子的信手涂鸦。我家也分到了一小块儿地，面积还不到10平米。每到周日我都拿上小铲和大铁皮桶和爸爸一起去地里打理。一直到1964年，这些地还在为人们出产着副食品。

傻吴没事做时，便从传达室溜出来蹲在我家地头，一声不吭地看我们锄草、浇水。他很乖，从不乱动地里的果实，也不随便拿别人的工具。大人们很喜欢这个安静的男孩儿，在丰收季节里不管是收获了西红柿还是黄瓜，都拣着个儿大的送给他。他接过果实并不吃，而是放进衣服口袋里，回去交给王大爷。

机关大院里种庄稼也算是60年代初北京的一大特色吧。如今，这片空地早已被一座拔地而起、冷冰冰的灰色住宅楼代替了。

青青说傻吴今天结婚，可大院里并没有张灯结彩的喜气。很奇怪，院里的那些老住户们都待傻吴像自家人，对他的终身大事不会无动于衷。再说他好歹也算个公众人物，其婚事虽然不比明星们轰动，怎么也该有点儿气氛啊。

走在大院的柏油小马路上，我一边寻找着熟悉面孔一边想，傻吴真的要娶媳妇儿？他对男女爱情结婚生子的人生大事真的能理解吗？他知道什么叫恋爱结婚吗？

想起来，还是我和毛毛给他上的“爱情”第一课呢。

“文革”初期中小学校放长假——那个假期延续了两年多，从1966年的暑假一直放到1968年下半年才开始“复课闹革命”，把我们这些半大孩子高兴坏了。大院里的学生们每天结伴在家疯玩，把考试背书的痛苦忘得一干二净。由于离传达室近，我们几个住红楼的女孩儿和傻吴经常接触。那时候他已经长成14岁的大男孩儿，高个，结实，皮肤白净，眉目清秀，是个斯斯文文的棒小伙儿，不知情的还真看不出他是智障。傻吴酷爱做事，除了送报纸送牛奶，一有空就帮助食堂炊事员择菜、剥蒜，开饭时还要站到窗口维持秩序。傻吴生病变傻之时正是毛主席号召全国人民学习雷锋之际（1963年），也许他的记忆始终定格在那里，专做好事不要报酬。

大院门口有条不宽的柏油路，直通大食堂。食堂是座二层楼高的高屋顶建筑，尖尖的绿色瓦楞屋顶，不伦不类地在两边翘起飞檐，灰色砖墙上长方形窗户被白色木条分成若干小格子，远远看上去像是童话故事里的城堡。每天中午12点准时开饭，食堂里全是大大小小没学上的孩子，喧闹的噪音仿佛要掀翻屋顶。孩子多，买饭窗口少，窗口前队伍里经常爆发“战争”，无非是因为有人加塞儿，有人推搡，再加上孩子们也学着大人搞派系斗争，分成造反派和保皇派，不同团伙之间有了嫌隙，专找打饭时间挑起事端。食堂真是个一夜成名的大好平台，男孩子们打架闹事的广告效果极好，可以一架爆红，江湖上无人不知，无人不晓。

遇到蛮不讲理的大个男生加塞儿或打架，傻吴便前去做工作，当然自己吃亏的时候居多，或被人推倒，或被谩骂。可他总是爬起来掸掸衣服，依然面带傻笑，用一根手指点着对方说:“排队，排队，要排队！”与一个弱智争执让对手很没面子，久而久之，男生们也不愿意跟他较劲儿了。

女孩子更愿意随意支使他。“傻吴，帮我拿饭盒，好烫啊！”

“傻吴，帮我站着点儿队，我出去有点儿事情。”

“傻吴，有饭票吗？先借点儿。”

他总是有求必应，一路小跑地赶过来，嘴巴里还喜欢发出“呵，呵！”的声音。

每到月初1号，食堂上午10点就开门，让大家提前买饭票。大厅里摆着一排桌子，后面坐着食堂那个瘦高个戴黑框眼镜的会计。他一边收钱，一边收粮票，现金放进他手边的抽屉里，粮票扔进身边的纸盒子。傻吴的任务就是看着盒子。他总是把纸盒子紧紧抱住贴在胸口上，那庄严神圣的表情就像战争年代抱着党员们用生命换来的党费一样。

我和毛毛、青青总是按时买饭票。青青排队，我和毛毛跑到前面和傻吴打趣。毛毛拿着一小张金黄色带齿边的半斤北京市粮票，在傻吴眼前晃了晃，“傻吴，知道这是什么吗？”

“粮——票。”傻吴费劲儿地说。

粮票时代已经离我们渐行渐远，而那时的粮票却像身份证一样重要。生于50年代的北京人可能还记得当时的油饼5分钱一个，收1两粮票；一个烧饼2分钱加1两粮票；一个义利果子面包4两粮票、1角7分钱……到商店买点心、饼干，统统要粮票，没有粮票寸步难行。当时男生每月发30斤粮票，女生每月28斤。别小看那一张张小纸片，丢一张你可能就要饿肚子。如今很多人玩收藏，有人也热衷收藏昔日的全国粮票和北京粮票。我很佩服能从那个时代攒下粮票的人，难道他们那么有后眼，当时宁愿勒紧裤腰带？

毛毛还在逗傻吴：“你跟我说啊，‘粮票好像对我笑’”。

傻吴认真地看着她开阖的唇，自己费劲儿地张着嘴巴，嘴唇哆嗦着，好不容易挤出了这几个字：“粮－票－好像－”

“粮票好像对我笑！”我在一边重复了一遍。

“粮－票－好像－对－我－笑。”

“好极了，记住了吗？”

“记－住－了。”

“非常好，”毛毛一脸坏笑，“现在把这句话反过来念。”

傻吴张了张嘴，摇摇头，这事儿太复杂，他做不来。

“跟我学啊，看我的嘴唇，说，‘笑我对象好漂亮。’”

傻吴学了好一会儿，终于把这句话学会了，他很高兴，一个劲儿地重复着:“笑—我对—象好—漂亮。”

周围孩子都稀里哗啦地笑弯了腰，有人大声喊:“傻吴，你说什么？‘笑你对象好漂亮’？你有对象吗？”

一些女孩子听了有点儿不好意思，偷偷捂住嘴；再看看傻吴，他根本不懂其中三昧，只是一直在“呵呵”地傻笑。看见大家因为自己的话喜笑颜开，便又一次大声重复起来:“笑我对象好漂亮！”“笑我对象好漂亮！”

整个食堂都轰笑起来。

后来，傻吴一看见我和毛毛去食堂买饭，就从窗口走过来，指着我们吃力地使劲儿说:“笑—我—对象—好—漂亮。”

毛毛赶紧拍手说:“对极了，傻吴，一点儿没错，就是这么说。”

他很得意地冲我们笑笑，显得十分自信。

这么一个好人加傻瓜，谁家姑娘会嫁给他呢?

在大院深处那座塔楼14层的一个单元门里，我看到了出来迎接的青青。好友见面免不了一阵胖了瘦了的寒暄，最后我问起傻吴的婚礼。

“哦，他去门头沟接人了，可能下午才过来。”青青说。

“他和谁结婚了？我认识吗？”

“你认识的，就是郑小红的表姐郑彩玲啊。”

我张大嘴巴，好像下颌脱臼，无法合拢回去了。

“没想到吧，我也没想到，要是你遇见毛毛，她的想法就更多了。”

郑小红是我家楼下邻居，彩玲是她的表姐。我记得第一次见到郑彩玲是在小红家。那时候大院人虽然住楼房，习惯却和城里四合院差不多，时兴串门子，朋友邻居之间对各家的七大姑八大姨了解得门儿清。早就知道小红有好几个表姐，彩玲是老大，和他家过往最密。彩玲比我大两岁，家住门头沟，父亲是一家工厂的装配工，母亲一直在郊区农村务农，后来才举家迁到工厂附近。她原来嫌自己的名字太土，也想跟着城里人改成时髦的卫红、向东、继红之类，后来父亲极力反对，还暴打了她一顿才作罢。她个子不高，挺瘦，皮肤细腻却总像过敏似的长些小疙瘩。眉眼细长还算好看，可是牙齿发黑，又是龅牙，一下子给她的容貌扣掉了好几分。

郑小红家有三个孩子，妈妈瘫痪在床，全家都指靠父亲的工资生活。她妈常向家属委员会要些活计补贴家用。“文革”前老师要求我们学雷锋做好事，做完了还要写作文发表感想。我常和青青、毛毛去小红家帮忙糊火柴盒，一来为朋友，二来可以写作文交差。彩玲时常住在小红家，总喜欢像个妇女队长似地指挥我们干活，很烦人。

“佳佳，瞧你糊的，跟烂黄瓜一样一碰就掉，能结实吗？”

“毛毛，别偷懒，怎么像上磨的驴子似地不想干活呢？”

“青青，你糊反了，是这样的。”

毛毛最不受管教，她把眼睛一翻，“你呢，就知道指挥别人，你干多少了？乡巴佬。”

彩玲最忌讳别人说她是乡巴佬，有一次差点儿和毛毛动起手来。

毛毛的话并不公平，彩玲不仅干活，而且干得又快又好。她打的糨糊浓淡相宜，没有疙瘩；糊的盒子精致结实，你很难挑刺儿。她那里都已经糊了一大摞盒子了，我们几个还在笨手笨脚地裁纸片。有时候我们咬牙想做得快些超过她，可从来没有成功过。糊三个火柴盒就能挣一分钱，她一上午至少可以挣一毛钱，难怪小红妈总让她进城帮忙，还惦记着把她转到城里上学，只不过因为户口问题作梗一直没办成。

除了糊火柴盒，我们还在小红家做过另一种活计，就是抖落旧洋灰纸袋子。那些旧袋子是工地上用过的，需要抖落干净可以再接着装洋灰。往小红家送纸袋的就是傻吴，他把纸袋从家委会抱出来分别送给大院里几户人家，然后收回干净纸袋再送交家委会。有时候一开门，就看见他双手提着捆扎好的旧纸袋站在外面，满脸是汗。他喜欢穿一件红色汗衫，汗湿的衫子紧贴着结实的胸脯，加上年轻人独有的气味，恍然觉得他已经长成一个可以依靠的大男人。

不过他一开口，这一美好幻想就立刻破碎了："粮票好像对我笑，呵呵。"

在他心目中，这句话也许成了我和毛毛的代名词。

整理旧洋灰纸袋不仅要把袋子翻过来，把里面残留的洋灰抖落干净，还要把破损的地方补好再交回去，算是废物利用。搞利落两个袋子可以挣1分钱。这活计白天不能干，抖落洋灰袋子会污染过路行人，灰尘也会飞进开窗户的人家里，我们只好等到晚上时，抱上一大摞袋子跑到小松树林里去抖落。最苦的是洋灰四处飞扬，又脏又呛，落在头发和衣服上还好，吸进鼻孔里只好大声咳嗽。有时候还会眯住眼睛，流泪不止。彩玲从来就是干活的先锋，从不退缩，也不抱怨，不停地拿起袋子使劲儿抖落，飞扬的白灰全敷在她脸上，只露出两条细长的眉毛。为了及时收活，傻吴有时候也跑来帮忙，他总是抓着洋灰袋子乱抖，搞得树林里更加乌烟瘴气。

彩玲顶瞧不上我们几个怕脏怕呛、娇里娇气、畏首畏尾的样子，干了一会儿就大声说：“你们几个到底是干不干，不干别在这里捣乱。”

在如此恶劣环境中，连毛毛都没心思和她拌嘴了。看到我们一副哈欠连天的困倦样子，郑小红走过来劝我们放下活计回家。我们假意推托一番，赶紧打道回府了。回头望时，小树林里只有彩玲和傻吴还在灰尘里热火朝天地干着。

眼下，我一时想不出那个彩玲和傻吴有什么关系？抖落旧洋灰袋子的时候傻吴虽然常来取货送货、帮忙干活，也见过彩玲，可是他们并没有什么牵连，连句话都没说过。彩玲见毛毛逗傻吴，顶多只是掩口跟着笑。

哦！想起来了，后来他们打过一次交道，傻吴还差点儿让彩玲送进派出所。

那是夏天的一个午后，骄阳似火，被晒蔫的柳树枝子无力地飘垂着，枝头蝉声依旧。我们一大群人，包括彩玲一起去澡堂洗澡。离食堂不远处就是公共澡堂，红墙平顶的房子围成了口字形，从外面看像个小四合院。男女从入口处分开两边走，在自家没有浴室的日子里，那地方养成了我们爱清洁的好习惯。澡堂每周开放两次，午睡时间后，从各个单元门里几乎同时走出一些懒洋洋的孩子，一手把磕掉搪瓷的白色洗脸盆抵在腰际，里面放着肥皂毛巾等物品，一手提着拖鞋走向澡堂。

我们去得早，抢占了两个水龙头，五个人轮流替换着在龙头下冲洗。彩玲也跟着郑小红一起享用澡堂，在等候的功夫，她忽然指着高处的小窗户大叫起来："有人！有流氓！"

我们赶紧抬头，看见半开的小窗外有一对贼溜溜的黑眼睛，像旧北京街头看拉洋片似地向澡堂里面张望，即使听到喊叫声，那双饥渴的眼睛还是拒不离开。女孩子们惊叫起来，纷纷涌到更衣室去穿衣服。彩玲大声喊着，"快去后窗看看，别让流氓跑了！"

等我们跑到后窗，发现那里靠墙堆着一大堆黑煤，有不良企图的人可以轻易地站上煤堆向浴室里张望。此刻，只有一个人站在煤堆上，定睛一看，竟然是傻吴。

"就是他！"彩玲指着傻吴说："我看得很清楚，窗户上就是他的眼睛。"

"不会吧，"我说："是不是看错了，傻吴是老实人。"

"老实人也藏贼心思。"彩玲固执地说。

我们刚要开口替傻吴说情，没想到他冲着我们傻笑，说："笑我–对象–好–漂亮。呵呵。"

还没升堂问审就全盘认账了，傻吴立刻被几个男生扭送到了大院家属委员会。

家委会的治保主任立刻抓紧时间审问，不管怎样这个案子也算大院近期发生的严重事件，搞不好还要请派出所介入。傻吴既不承认也不反驳，只是一个劲儿地喊叫要找妈妈，看样子他真的害怕了。后来传达室的王大爷和他妈妈都闻讯赶来，坚持说是彩玲看错了，傻吴是好孩子，不会做这等下作事。

傻吴妈妈已经两鬓飞霜，戴一副金属边眼镜，衣着得体，气质高雅，看上去像个严肃的老知识分子。

彩玲私下里小声地问我：“他妈妈是做什么的，好有派头哇。”

我其实并不知情，故意瞎编说：“听说是老革命老干部，还参加过长征呢，在机关里是很大很大的干部。”

彩玲听了一声不响，不知道她心里在盘算什么。到后来，她居然主动找到治保主任，称自己看错了人，要流氓的肯定另有其人，那人就在大家穿衣服出去的时候逃跑了。

后来案情终于水落石出，做坏事的是黄楼2门的两兄弟。这兄弟俩是大院里有名的坏孩子，打起架来凶得很，敢提着菜刀满院子追着砍。在一次兄弟反目大打出手时，是他们自己把丑事抖搂出来。原来他们在澡堂外面犯坏的时候把傻吴叫来，让他站在煤堆上替他们望风。傻吴不明就里，以为又是在帮别人做好事，就乖乖地站在煤堆上，直到被人当案犯抓住。

此后，傻吴依然在传达室做他的送报工作，没人敢对他不敬，也没人在背后指点他，甚至大大小小的八婆鸡婆和那些坏得流脓的坏小子们也不去招惹他。

眼下，我还是想不透彩玲为什么要和傻吴结婚，总不会因为当年冤枉了傻吴，心存歉意，现在就哭着喊着把自己嫁给他吧。她四肢齐全、大脑灵活、吃苦能干，找个和自己相当的好男人一点儿不困难。

吃过午饭，我和青青在院里溜达，虽然家属大院变化很大，依然可以从楼前屋后的蛛丝马迹中拣拾起童年记忆。早春的阳光流泻到身上，像吃了汤圆一样一直温暖甜糯到心底里。当年我们亲手种植的柳树已经成材，新枝子飞上了鹅黄色，丝丝缕缕披散着，在阳光下像光亮闪闪的喷泉。一路上不断与旧相识邂逅寒暄，那些半熟脸让我重温旧梦，思绪飞回到从前的岁月。

最后，我遇见了毛毛。

毛毛和我一样，也是1977年邓小平制定恢复高考政策的受益者。她正在大学二年级读书，她家一直没搬出大院。老朋友见面有说不出的高兴，互相抢话头。正说笑着，忽闻传达室那边鞭炮声凌厉，其间还夹杂着锣鼓声。“新娘子来啦，傻吴回来啦！”孩子们奔下楼，撒腿往大门口那边跑去。

“准是傻吴接新娘回来了，看看去！”毛毛说。

我立刻问毛毛：“我想不通哎，那个彩玲为什么要嫁傻吴？”

“还用想吗？她的好处多了去了。户口可以迁过来，她一下子就农转非了。还可以对别人说她嫁进高干家了，也许傻吴家还能给她找个像样儿的工作。傻吴爹妈资格老，房子住得大，还有老阿姨伺候着，这样的条件她上哪儿找去。”

“可是，傻吴不能工作啊，难道将来靠她养着？”

毛毛说：“听说有人帮傻吴在一家工厂里找了个事儿，他不去，非要在大院里帮别人做好事，而且不要报酬。家委会就让他在院里继续做，适当给他点儿钱，是从大院的公共费用里匀出来的。”

“他俩是谁主动提出结婚的？”

“当然是彩玲了。她托小红的爸爸提了几次。开始傻吴家里还犹豫，怕她以后变心，后来见她挺真诚的样子，也就答应了。”

“那她算是达到目的了，她不是一直想离开门头沟农村的家，进城做个大院人么。”我嘀咕着。

“昨天我还见着她呢，”毛毛两手比划着说：“我好心问她，傻吴可是个傻子，你和他生活多别扭啊。你知道她说什么？”

我抬头看着她。

“她说，傻吴也是人民一分子，也是阶级兄弟呀。瞧她那做作样儿，虚伪！”毛毛显得愤愤不平。

说话间已经来到了大门口。这里热闹非凡，已经驼背的传达室王大爷正高兴地指挥着几个男孩子放鞭炮，炮声震耳欲聋，彩纸碎屑满天飞舞。穿着蓝色咔叽布衣服、推着自行车的傻吴和穿着掐腰小翻领粉色上衣的彩玲从大门外走进来，看着真喜兴。除了双方家人，大院里认识傻吴的人都赶来了。老住户们更是热情，虽然那时不兴给红包，但你送一袋糖，我送一把暖壶，把傻吴的自行车都挂满了。

傻吴乐得合不上嘴，只是外人无从知晓他是否真的懂得结婚的意义。大家这时才发现，傻吴其实是个挺英俊的男人，他有一头浓密的黑发，眉清目秀，高大魁梧，有点儿像某个电影明星。哎，如果没有智商问题，肯定是个迷人的靓仔啊。

彩玲看上去也挺漂亮，脸上略带羞怯，只顾半低着头走路。看上去她真的很幸福，不像是“我不下地狱谁下地狱”英勇献身的样子。

毛毛从嗓子眼里挤出了一声：“我敢说，那个彩玲对傻吴不是真心的。”

青青连忙说：“毛毛，今天是人家的大喜日子，别说不吉利话。”

傻吴走过我们身边看见了毛毛，呵呵一笑，说：“粮票－好像对我－笑。”周围的孩子们一起大声说：“笑我－对象－好漂亮。”

人们欢天喜地地把他们迎进了大院。

半年后青青出国留学，我也好像没有理由再返回大院了。

一次，我在一商店与郑小红邂逅，知道她从郊区怀柔插队回城后在一家百货商店当售货员，已经工作三年了。好在彼此都没什么要紧事，凑在一起多聊了几句。她那瘫痪的母亲已经过世，两个哥哥搬出了大院各自成家，只剩下她和父亲同住。她告诉我傻吴和彩玲生了个胖小子，彩玲还在大院里开了一家小卖部，生意做得挺红火，赚的钱够他们一家子吃喝了。

“傻吴呢？他做什么？”我这样称呼完就后悔了，他好歹也是小红的姐夫啊。

小红并不介意，却紧锁眉头抱怨地说：“他就是个大傻子，也不去赚钱，全靠我姐，累死人了。他爸也是的，那么大的官，随便给我姐在机关里找个事做很难吗？非要假装清高不给办，还说什么不能开后门，我看，和他儿子一样，脑子有毛病。”

“傻吴还送报吗？”

“现在都是邮局直接送到各家各户了，自家也有了电话，用不着他了。”

“他可以帮助你姐做买卖呀。”

“他才不干呢，还和原先一样，在院子里帮人家提东西，搬家，扫院子，倒垃圾，不管谁使唤他都行，就是不要报酬。你说，我姐怎么受得了。”

“我姐早想离婚了。”小红说，显然她的立场站在彩玲一边。

“早知现在何必当初呢。再说都有孩子了。”

“那孩子特坏，不要也罢。”

不知道彩玲给小红灌了多少米汤，让她一心一意地为她说话。话不投机，我们只好提前分手了。

后来我听说大院里不管谁搬家都要找傻吴帮忙。那时候还不兴搬家公司，搬家都要请同事朋友帮忙，傻吴也十分乐意去搭把手。尽管已是四十多岁的人了，依然抢着最沉最重的家具搬，因为要使大劲儿，脑门上的青筋都涨起来，胳膊也常被划伤。每次搬家他都累得腰酸背疼，回家要躺上好几天。干完了，人家顶多请他和其他人一起吃顿饭，算是答谢，可在他，却是一次愉快的盛宴。他的心智也许还停留在五六十年代，停留在当时学雷锋做好事的社会氛围里。他的心完全属于那个生他养他的机关家属大院，宁愿在那里不求报酬地付出自己的一切。

进入21世纪后，人们的生活和工作节奏加快了，各自忙，很少理会别人的事情。毛毛因为离了婚，常常打电话向我倒苦水，倒让我们的联络频繁起来。有时候我拿听筒的手已经发酸发麻了，她那里才刚刚说完开场白。有一次，我忽然问起了傻吴，她一顿，吃惊地问："你难道不知道？他已经去世两年了。"

"啊？——怎么死的？"

"得病死的呗。他刚傻的那会儿医生就说他活不过30岁，没想到他熬到了50岁才走。"

"那个彩玲呢？"

"我早就说过她嫁给傻吴不安好心。看看，她户口办好了，傻吴家出钱让她上学拿了大专文凭，还帮她办起小卖部。她后来认识一个商场上的男人，也算是大款吧，就跟人家跑了。走的时候把家里钱全都卷走了，只把孩子扔给了傻吴。"

“是吗？那傻吴可苦了。”我叹口气。

“可不是。不过他好像不知道自己很苦，还是和以前一样，乐呵呵地帮别人做事，就靠家委会给的那点儿钱过日子。大院里的人看不下去，经常自发地给他捐钱，好歹让他儿子能上学，有书包铅笔用，有像样儿的衣服穿。”

“他儿子现在怎样了？”

“那孩子可坏了，一点儿也不像他爸，偷东西，撒谎骗人，什么坏事都做。他爷爷奶奶去世了，家里没人管教。他知道傻吴在大院里人缘好，就假借他的名义到处向人借钱，借了就不还。院里老人就是念傻吴是难得的好人，有时候还帮他一把，我看现在也没人敢帮他了。”

我刚要说什么，毛毛在那边提高嗓音说：“都怪那个坏心眼儿的彩玲，生了孩子又不管教育，给社会留下这么个祸害。”

我立刻附和她，一起声讨起彩玲来。

也许是想到了自己的处境，毛毛说：“其实像傻吴那样也挺好的，被抛弃了不知道痛苦，儿子变坏了也不知道，听说他临死前都是高高兴兴的，冲着人傻笑，还说了一句我教他的‘粮票好像对我笑’呢。”

一句话好像撩开了人间大幕，让我重新审视这个智障人的一生。他的价值观一直执拗地停留在上个世纪60年代初，至死不变。他不懂得等价交换，不了解尔虞我诈，不知道市场经济中有些人只信奉金钱；更不理解有些人只相信爱情的鲜花要插在物质的牛粪上才有芬芳，友谊的枝条要嫁接在利益的粗干上才能长存。

傻吴是幸福的，不曾被滚滚红尘所累。尽管尘世纷扰，他像暗夜里孤独的冷月，寂寞地绽放着清辉；在太阳到来之前他悄然隐没，却将一抹纯洁的清凉永远地留在了人间……

拔根儿

“拔根儿”是我们这代人儿时在北京流行的一种游戏，主要道具是杨树叶茎，我猜想凡杨树成排地方的孩子都会玩，至少在河北一带流行——那里有阡陌纵横的大平原，道路两边生长着一排排高大挺拔的杨树。玩拔根儿时两人各持一条杨树叶茎，也叫“根儿”，粗大结实韧性好的又叫“宝根儿”。勾住对方的根儿使劲儿拉拔，谁把对手的根儿拔断，谁就得胜了。

记得小学同学里有个叫常军的男孩儿，特别迷恋拔根儿，就像现在的孩子迷恋网络游戏一样。常军也是我们大院的，父亲是个领导干部。他生得瘦小羸弱，皮肤黝黑，眉眼还算周正。虽然个头矮小，但他天生的古道热肠，特别喜欢帮助别人，包括起哄打架。本班的男生如果和外班的男生打架，他一准丢下作业跑出去帮忙，往往是主角没什么损失，他这个帮忙的衣服被撕了个大口子。有时女生在院子里玩让他帮着举皮筋，他中午饭都没吃完，包了一大口米饭在嘴巴里就跑出去。我那时比他高出半头，知道他喜欢帮忙就故意支使他，丢沙包让他去拣扔在远处的沙包，过马路让他举着汽车避让的牌子。常军不管做什么都是高高兴兴的，从不埋怨。

那时的孩子都喜欢玩拔根儿，常军经常把自己积攒的根儿拿出来送人。他曾告诉我一个打造宝根儿的窍门：把三四条根儿放在球鞋里，穿着鞋多走走，过一两天根儿就会变成棕色，很有韧劲。不过经过球鞋捂过的根儿其味道可想而知。一下课，常军就拿着这些臭根儿找人比赛。有时候因为用力过大，手指被勒出血，甚至俩人一起倒在地上，即使这样，双方谁也不松手。常军生性慷慨，不管自己多喜欢的宝根儿，只要别人问他要，特别是女孩子，他会毫不犹豫地奉献出来。不过就我所知还没有几个女生要过他那些带着味道的“宝根儿”。

班主任陈老师是常军的克星，经常在课堂上点他的名字，主要是因为他成绩不好，上课不注意听讲，总在书桌下面摆弄他的那些宝根儿。为了防止他在放学路上和别人打架，老师特别嘱咐要我和他结伴同行。虽然是同路人，我俩顶多就是个上下级关系，我是中队长，负责看着他过马路别乱跑，遇事别冲动打架。

常军在班上实在是个可有可无的角色，我从没把他放在心上。直到有一天他为我流血倒下，才在我的记忆中留下深刻一笔。

我们放学回家都乘坐大1路，而且喜欢提前一站在木樨地下车，沿着林荫道向西走一站地。如今地铁1号线从公主坟到木樨地的沿途，当年曾有一条让人难忘的大路：路面上铺满碎石子，两边是一排排高不见顶的粗大杨树，支起巨伞绿荫，在盛夏里带给人们一路清凉。有人说这条林荫道是当年皇上西行的巡视之路，另一说法是早年门头沟往京城送煤的骆驼道。骆驼队从西边过来走到木樨地，再拐进阜成门。当时木樨地一带长着许多野苜蓿，赶骆驼的人喜欢在这里歇脚、喂骆驼。只可惜1965年为了修建地铁1号线，这些杨树被毫不留情地砍掉，只留给我们这些过来人一点儿美好记忆。

一天放学后，我在林荫道的落叶堆里发现了一片大叶子，褐色的叶茎不仅粗大而且韧性十足。我没声张，带回家让外婆用湿毛巾给捂起来，捂过一夜，就造出了珍藏版的“宝根儿”。同学们听说我有宝根儿都想“一睹芳容”，常军还和我约定放学后在林荫道上比试。

秋光灿烂，林荫道上落叶纷纷，远望是一条铺满黄叶的金光大道。我和常军在松软的落叶上停下脚。我亮出了宝根儿。这条根儿不长不短、黑里透红、油光锃亮，静静地卧在手心里，好似良驹在槽、宝剑在鞘，随时准备杀上疆场。不出我所料，这条宝根儿犹如关公的青龙偃月刀，百战百胜，把常军的根儿统统拔断了。

同我们一起下车的还有两个高年级男生，家住机关大院对面的部队大院，都是部队子弟。因为在城里上学，经常乘坐大1路，大家都有些脸熟。这时候也凑过来和我们一起拔根儿。他们看得眼馋，要用3条根来交换我的宝根儿，我又不傻，当然不答应。我举着宝根儿炫耀着，仿佛举着一面胜利旗帜。他们盯着我手中的宝贝看得流口水，其中一个大块头忽然冲过来，一把抢过宝根儿，撒腿就跑。

我一时愣住了，大声呼喊起来："强盗，坏蛋，快还给我宝根儿！"

大块头狂奔起来，我在后面拼命追赶，很快就累得停下来直喘粗气。绝望中，忽然看见常军从后面冲出来，像头小猎豹一样向大块头扑过去，夺过宝根儿。大块头回身猛力推了一把，常军站立不稳，仰面朝天地向后摔倒，后脑勺正磕在地上凸起的一块石头上。他闷叫了一声，趴到碎石地上。

我跑过去时，只见常军一动不动地趴在地上，手捂着脑袋，鲜血从他的指头缝里流出来，我吓得浑身发软高喊救命。大块头知道惹祸了，慌得六神无主，嘴里却还硬挺着说："谁让他非要追我的。"

幸好一个住机关大院的叔叔路过，抱起常军匆匆赶往不远的铁路医院。

我以为常军会死掉，哭了一路。在我心里常军不再是那个可有可无的小豆包，一下子变得高大起来。还好事情不像我想像的那么严重，他脑袋上缝了三针，没什么大碍，乐得在家修养了两个星期。

此次事件拉近了我和常军的关系，放学路上不再是我管着他，而是他保护我了。虽然不屑他那种俨然男子汉的样子，依然相处开心，一路走来有说有笑。有时他作业没做好，放学后被老师留下补做，我还耐着性子在教室里等他。

不过后来发生的一件小事，让我们翻脸了。

那天我家从大院食堂买了一袋大米，我和好友青青抬着它吃力地往家走，半路遇见了常军。看见我们两个女孩子费劲儿的样子，他毛遂自荐，非要帮助我们搬米袋。

我冲他翻翻白眼，喘着气说："让开，让开，你这小豆包哪搬得动。"

常军几步跑到前面，伸开双臂拦住我们："信不信，我一个人就能扛！"

他上前一把从我和青青手里抢过米袋子，抱起来就往我家楼门口跑。

见过学雷锋做好事的，没见过这样强买强卖的。

米袋子很沉，他踉踉跄跄地走到单元门口，脚下一滑摔倒了，大米撒了一地。地上因为刚刚倒腾过蜂窝煤，到处都是细碎的黑煤渣子。那是我家用粮票和钱买来的一个月的口粮，外婆千叮万嘱要我当心别洒了。看着一地粮食，我哭着对脸色苍白发愣的他大声吼道："走开，你快走开！"

事后我挨了父母一顿斥责。由于地上的米和煤渣混在一起，覆水难收，我们一家老小在那个月不得不向街坊邻居借粮票买米，我也少不了挨饿。常军几次忸怩地对我说他要赔偿，我没答应。总之，我俩后来几乎不说话了。

1966年“文革”开始后学校放了两年多的长假，常军被父母送回农村老家，大院里很长时间没见过他的身影，我几乎把他忘掉。一年多后再回到学校时，他已经沧海桑田换了模样，个头高出我半头，眉目舒展开来，黑瘦而神采奕奕；脖子上鼓出浅浅喉结，变成了玉树临风般的俊朗大男孩儿。

开学后，班上又转来几个新同学，其中有个叫宋娟的漂亮女孩儿，皮肤细腻，眉眼姣美，让人过目不忘。不过班上的原班人马并不怎么接纳她，这妞儿有一种可怕自信，永远按照自己的逻辑出牌。比如她参加校宣传队合唱，音调一定要比别人高冒出好几度，几乎成了杂音制造者。她嗓音出奇地高，唱起歌来特卖力，但总与他人不合拍。老师多次指正无效，只好让她领唱，而在合唱时让她闭嘴。

宋娟高兴坏了，当领唱不仅可以出风头，还可以和她最喜欢的男生一起相处，那个男生就是常军。重回学校后常军像变了个人，话少，沉默，看不出原先那个四处找人拔根儿、帮人打架的小屁孩影子。也许是因为他父亲被定性为走资派，家境由盛而衰，让他感到了生活压力吧。一个沉静男孩子，加上英俊外表、嘹亮嗓音，自然成了女生追捧的青春偶像，连低年级的女孩子都四处打听他。听说学校领导对常军也很看重，已经把他列为第一批加入红小兵的人选。

宋娟放学后喜欢陪我回家，她不是我们大院的，却宁愿多走一站地，为了听听常军的“英雄故事”。她没完没了地打听那次拔根儿事件他倒在什么地方，流了多少血，住了几天医院……爱屋及乌，她甚至沿着林荫道来回走，一寸寸地体验着常军当时的心境。

女孩子就是喜欢跟风，宋娟这样露骨地表现对常军的钟情，搞得我也五迷三道地暗恋起来。小时候几乎天天和常军一起放学走路，现在想和他成为同路人，却因为流行的分男女界限，像隔着阴阳两界似地有话难说。

常军家依然住在大院的黄楼里。大院里各楼的不同颜色区别着住户的职务等级。比如白楼里住的是外国专家，黄楼里住的是高级干部，红楼里是普通工作人员。黄楼里有我妈的一个好友，每次老妈让我给她送东西——也就是自家做的酸泡菜、豆腐干、咸鸭蛋之类，我都借故躲出去。可现在却经常主动请缨，随便送什么都行。一有任务，我赶紧拉过桌上的圆镜子，用发卷把前额的刘海搞得弯卷些。遗憾的是，尽管经常在黄楼前故意溜达，却从没与常军邂逅。

每当夕阳西下倦鸟归林时，我喜欢推开窗户伸长脖子向西边的黄楼张望，期冀常军忽然出现在高坡上，身披霞光，像白马王子一样向这边走来——没有白马，骑自行车也可以。我第一次尝到思念一个人的渴望。早知道这般光景，当初何必和他怄气呢！

不想几天后，常军为了我和宋娟竟然大打出手。

那天下午，文艺宣传队排练中场休息时，我和宋娟坐在靠窗户一张结实的木桌上，边甩着脚边聊天。她小声地对我说："哎，我发现常军老往我这里看，好几次了，我一看他就扭头看别处。"

"是在看你吗？"我不服气地反问。

宋娟一副自信的样子："当然了，我能感觉到他特别喜欢我。"

事实上常军的情窦始终没开，比一般男孩子还要晚，对爱情似乎一窍不通，木讷而懵懂，只是对所有人都好，有求必应。不过他的热心总能引起女孩子的误读。

林主任让我们几个女生把新学的革命歌曲再复习一遍，是那首《太阳最红毛主席最亲》。为了吸引眼球，我和宋娟都卖力地唱起来。她的调子奇高，我只好使尽吃奶力气跟着她的调门往上拔。她攥紧两个拳头，白皙好看的脸涨得通红，放开最大嗓门雷霆万钧地压住我的声音。听说她小时候和父母在国外住过，是喝牛奶吃牛肉长大的，十足的底气和蓬勃生命力让我无法比拟。

正唱着，从窗外飞进一个纸团，正砸在宋娟的脸上。

她戛然止住歌声，说了句："讨厌！"便跳下桌子从地上拣起纸团。打开一看，是一幅粗劣的图画和肮脏文字。我俩看了半天才看明白，是侮辱我和宋娟的。我俩大怒，气愤地骂出粗口，把在场的人吓了一跳。

这是一次性质严重的流氓事件，在学校保卫科强力排查下，两天后终于水落石出。做坏事的是个新转来的男生，他生得面目可憎，身材像《水浒传》里的武大郎，五官似《十五贯》里的娄阿鼠，贼眉鼠眼一副流氓相。要不是因为他父亲是区教育局工宣队负责人，早把他扭送派出所了。眼下他做了坏事，充其量就是叫到老师办公室批评了几句完事，我和宋娟都对学校轻描淡写的处理大为不满。

两天后学校召开全体学生大会，各班人马都集中到大院里。首先由校革委会梳着面条短发的林主任讲话。她先说了一通国内外形势一片大好之类的开场白，然后走入正题，说学校近期发生了重大恶性事件，现在要处理有关人员，并要保卫科的人把坏学生带上来。

我以为要从重处理那个“娄阿鼠”，正暗自高兴，没想到带上来的“坏学生”竟是常军。

原来，常军为了替我们出气，在一个傍晚带着班上的几个男生躲在胡同里，把“娄阿鼠”蒙上脑袋结结实实地揍了一顿。那家伙的爸爸不依不饶，非要学校查出凶手。保卫科的神探们很快就破了案。

常军脸色苍白地站在台上，双手老老实实地背后，穿着黑色懒汉鞋的脚不断换位支撑身体，好似风中芦苇一样在台上晃来晃去。林主任痛心地说，常军虽然出身不好，父亲是走资派，但平时表现不错，组织上还计划发展他加入红小兵，没想到做出这等坏事。最后保卫科的人把他带下了台。事后常军不但没能加入红小兵，还被宣传队开除了。我和宋娟都为他喊冤，宋娟还跑去找林主任鸣不平，结果挨了顿批，哭着跑回教室。没多久，常军低调离开学校，和父母一起去了江西的五七干校，从此断了音信。

积习使我傍晚走出大院的单元门时还会习惯地西望，满眼里只有落霞，和霞光里兀立的楼房。因为付出的感情没有得到回报，很快就将常军淡忘了。

1977年恢复高考后，我和宋娟考上了同一所大学，虽然不同系，但我们经常在偌大校园里踩着树下斑驳月光回忆小学往事，也谈论着自己现在的感情生活。偶尔，也聊起常军，因为音信全无，甚至不知他是否回到北京，也只是简单回忆罢了。

大学里的宋娟出落得更加水灵，个头高挑，美目流盼，粉嫩的脸蛋风情万种，有说不出的妩媚。她算是校花级人物，追求者众多，常为感情事与我深夜长谈。她依然带着执拗的自信，用武断结论和混乱逻辑把我的分析驳得体无完肤。我俩谈话经常是牛对马说，搞得了无兴趣。

宋娟毕业后幸运地被分配到一所大学教书（那时大学毕业生都由国家分配工作），并很快结婚，男方的父亲位高权重身居上层，也算是嫁入豪门吧。再后来我俩几乎同时生了孩子，从此坠入幸福而麻烦的琐事里。

一个春风沉醉的傍晚，我骑自行车带着孩子从钢琴老师家返回，不经意在路边的车站牌下看见了她。

“宋娟！”我在她面前跳下车。

她穿着时尚的古铜色绣花边长裙，依然苗条妩媚，脸上闪着珍珠一般的光亮，那是恋爱中女人特有的光彩。

“佳佳，嘿！你猜我现在和谁一个办公室？”

“……谁？”

“想不到吧，常军！”

“常军！他怎样？现在做什么？”

“他早就从干校回来了，在郊区插队几年，又进了一家工厂，后来考上北京大学，毕业后分到我们学校。”

“总算有他的消息了。”

“他特能干，现在都做到系主任了。”

“天呀，”我惊叹道，“真是年轻有为。他结婚了吗？”

“结了，孩子和我的一般大。”宋娟神采飞扬手舞足蹈：“我们每天面对面地坐着，一起学习，一起研究问题，抬头不见低头见的，那支箭就在我们之间‘嗖嗖’地来回飞。”

“什么箭？”我没听懂她的话。

“丘比特的爱情之箭呀！”

我拍拍她的胳膊：“小心点儿，亲爱的，你俩都是已婚的人，别玩火！”

“你这老古董，都什么年月了，还那么木头。”说完，她从皮包里掏出钱包，拿出一张她和常军还有几个同事外出游玩的合影给我看。照片上的常军变化不大，只是在英俊中更增加了几分男人的成熟美；在我看来，那眼神依然清澈无瑕，带着童年时代对世间美好事物的向往。

“别看他结婚了，我们学校不少年轻女老师都喜欢他，他特有女人缘。”宋娟像在显示着只属于自己的珍宝。

我想起常军以前在小学的种种作为，深表理解。他是那种慷慨大度，喜欢帮助别人有男子汉气度的人，再加上长得帅，对女人肯定很有吸引力。

我俩兴趣盎然地对照片评头品足，坐在车后座上的儿子不耐烦了，两条腿像悠秋千一样悠起来，把自行车搞得乱晃。没办法，我只好告辞，骑车走人。

一天晚上，宋娟忽然来访，一脸憔悴却依然楚楚动人。她总像江湖大侠似地来无影去无踪，来前无预约，事后没联络，随性得很，所以对她的突然造访我也习惯了。她平静地通知我自己离婚了，看表情好像在说别人的事。我在惊讶中听她侃侃而谈。她说了许多前夫坏话，包括他在外面搞女人，动手打她，并跑到她娘家踢门，吓得老父母不敢出来。这样的丈夫没什么值得留恋的，我支持她离婚。

可是接下来她的话吓了我一跳。

“我要杀了常军！”她咬牙说，好像受到很大刺激，有些精神恍惚了。

“你胡说什么！”

“是真的，我俩早就好上了，山盟海誓决定一起各自离婚再结婚。我已经离了，他却犹豫起来，老拖着不办，说想等孩子考完初中，考完初中还有高中，还有大学呢，什么时候算个头，这不是坑我吗？他必须马上离，否则……我反正什么都能豁出去，什么都做得出来！”

我一时不知道该说什么好。她接着又语无伦次地向我倾倒委屈，说了半个多小时我总算弄明白了她和常军之间的感情纠葛。

宋娟婚后一直不如意，前夫不爱她也不爱家，经常在外面花天酒地；这时候小学时代的偶像常军出现了，而且是个增添了成熟男人气质的青年才俊，让她一头跳进了爱情漩涡。而常军呢，以我对他的了解，像他那样古道热肠的人遇见一位婚姻不如意的美貌女子，又是小学同学，能不同情吗？能不尽力给予帮助吗？据说离婚前宋娟的前夫拒不给孩子出药费，常军出手就塞给宋娟几千元。同情、怜悯又同处一个教研室，他也对宋娟产生了恋情。常军在爱情跑道上起步晚，一直处于懵懂状态，忽然受到宋娟这电光石火、闪电雷霆般强烈的爱情刺激，自然深陷其中。但是真的说到离婚，常军一定很痛苦。他不是那种喜新厌旧的人，虽然和妻子没什么感情，但是她没有错，孩子又正处在人生关键时刻，离婚不是他的选择。可是宋娟这边已经做到了无可挽回的地步，步步紧逼。我能想像到常军此时的苦恼和纠结。

不管怎么说，目前得把宋娟想杀人放火的念头扑灭。我劝道："别这样，常军他肯定有难处。"

"我现在就找他去，让他说清楚！你家镜子呢？"

我犹豫着把桌上的镜子递给她，思忖着她不会拿镜子当凶器吧？她熟练地打开挎包拿出化妆盒，抽出眉笔对着镜子迅速地在脸上涂抹，又用小刷子刷了几下腮红。看她投入的样子，我心里的石头算落了地。

自那天离开后，宋娟又像断了线的风筝不见踪影，音讯全无。后来聚会时听大学同学说她和常军都各自离婚又结了婚，然后双双辞职下海，离开北京去山西开饭馆去了。

在我看来，这俩人结婚后全都头脑发昏了。这一出司马相如和卓文君的“凤求凰”虽然浪漫动人，难道他们真的只顾眼前不想将来？常军是性情中人，这也是女孩子喜欢他的地方；但他同时也是个大男人，怎么会做事如此欠考虑？还有一点我搞不明白，即使离婚再婚，依然可以在大学里教书，为什么非要辞职下海？像他那样天真单纯的一介书生，能对付得了市场上的惊涛骇浪吗？一个教书匠离开北京去异地他乡开饭馆，是那么简单的事情吗？不过听同学说，常军是自愿下海去闯荡一片天地的，他对学院里复杂的人事关系感到厌烦了。

两年后的一个下午，我被一阵急促敲门声惊起。开门一看，宋娟又魂兮归来地站在眼前。她一反常态地素面朝天，头发蓬松不整，胡乱在后面扎个马尾巴，那种骨子里固有的自信也消失殆尽。

“佳佳，常军被人绑架了！”

“……怎么回事？”

宋娟疲惫地靠在沙发背上，一口气喝光了杯里的热茶。她的话逻辑混乱，还带着哭音，半天我才搞清状况。常军那书呆子投笔下海开饭馆，就像秀才带兵一样不靠谱。辛苦了几年没赚几个钱，还要遭受黑社会的打劫骚扰。一次有个当地痞子吃饭不给钱，常军和他们讲理，结果对方纠结一伙人把饭馆砸了。真是秀才遇到兵，有理说不清。常军这种头脑单纯的人根本就不懂江湖深浅，听信熟人撺掇跟两个当地人合股开了食品公司，还被推到台面上当了法人。谁知道那两人借公司名义四处举债卷款潜逃，讨债的堵到饭馆把常军抓走了，还扬言不还钱就撕票。

“我现在到处凑钱，他们说了，必须在五天里把钱交齐，否则……”宋娟的眼泪滚了下来，“这不，都借到你这儿来了。”

“要多少钱？”

“7万。”

我吓了一跳。那时候的7万是个天文数字，我一个月才挣300多元。无论如何救人如救火，我赶紧翻箱倒柜地折腾，正好家里还放着一笔钱，本来是要买个三开门大立柜的。我把钱都搜罗出来交给她。

“我只有这些了，如果实在着急，再去银行取。”

“不用了，回头去跟我舅舅要点儿。”说完，她把杯子重重地放在茶几上，站起来就往外走。等我追到门口，她已经风风火火地下楼了，只甩给我“再见”两字。

我关上门，想着常军，不知那家伙会不会有生命危险。他为宋娟放弃了自己的锦绣前程走到这一步，到底值不值？要知道他下海前已经在大学里当了几年的系主任，而且是副院长的铁定人选了。不过这也正说明他是个重情的人，为了帮别人不惜自己受伤，就像小时候为我夺回宝根儿脑袋流血一样。

事情的结局是人赎回来了，饭馆却无法再开下去，两人欠了一屁股债又回到北京。那时他们已经三十七八岁了，再找个像样儿的工作不容易。宋娟运气好，意外地在一个中学找到一份教书差事；常军就没那么幸运，一直没有正式工作。（我奇怪他从前已经做到了名牌大学的系主任，好歹也能在三流大学里谋个教书职位呀）不过在别人面前，宋娟总是夸常军有才华有能力，不仅会写小说和电影剧本，还为一个国家级项目承担宣传工作。其实我看就是打零工，哪里有活儿去哪儿做。

有一次，宋娟拿着一沓稿纸来找我，说那是常军在家里写的小说，托我帮忙找路子发表。她说了一大堆小说如何精彩、如何动人，引得我花了几个小时断断续续地看完了。小说主要描写他们下海做生意的经历，让我再一次窥见了他们那些年的艰辛打拼和为爱情的付出。只是作为小说缺乏矛盾冲突和引人情节，有点儿像流水账。我记得常军在小学学习成绩不好，但是作文总是得高分，现在看来好像被岁月磨得钝化了。小说几十张稿纸全是手写的，在电脑写作如此发达的今天，这样老派的写作方式真不常见。尽管我托了几个出版社的编辑，这部稿子还是被退了回来。

岁月荏苒，光阴似箭，社会竞争日趋激烈。人人忙着挣银子，各家都有难念的经，都懒得打听和关心旁人的事。

我与宋娟再次见面已经是10年后了。她从来不参加大学同学聚会，也不给任何人留下手机号码，这次邂逅又是在大街上。她衣着光鲜，手腕和脖子上戴着金色和黑色相间的首饰，高贵雅致。精心妆饰后的皮肤依然白嫩，放着珍珠般的光彩。岁月这残忍的刽子手在她这里竟然毫无作为，她穿过时光的风风雨雨，依然青春靓丽。

“我又离婚了，你知道吗？”她轻松地说。

我并不吃惊，因为在她身上什么事都可能发生；如果她说自己杀了人要下大狱，我都会淡然以对。

“你俩谁先提出的。”

“当然是我，他还有资格吗？”

“你不是说常军很有才华，很能干吗？”

“能干个屁，这些年全靠我养着，他干什么都不成。小说写了一大堆，一篇没发表。搞项目拉不来钱，去公司吧又什么都不会做，连用电脑都不灵光。”

“他为什么不去教书呢？原来都做到系主任了。”我问。

“你不知道吗？他是个残疾人，怎么教书？”

“常军，残疾人？”

“咳，他那也是为了我。当初我前夫听说他要和我结婚，找一伙人把他的一条腿打折了。假肢没安好，到现在都要靠拐杖走路。就因为他是为我落下的残疾，这些年我一直忍气吞声地供他吃供他喝，由着他瞎折腾。现在我也想开了，我还不到50岁，有的是好生活，干吗和他一起憋屈地混吃等死呀。”

听了这番话我一下子明白了许多事：难怪他们当初一定要离开学校辞职下海开饭馆；难怪常军回北京后不再找教书的工作，只是埋头在家读书写字。想想当年一个靠杨杖支撑的残疾人离开家乡，到外地创业开饭馆该有多么艰辛，真是难为他了。

“我现在认识一大哥——你别误会，人家有家室；他帮我开了家公司，我做得很带劲儿，赚了不少钱呢。”宋娟颇有些得意地说。

“那常军怎么办，他靠什么生活呢？”

“他父母去世前把在机关大院的房产都给他了，你们那个机关家属大院如今也算黄金地段了，光靠出租房子就可以养活自己。”她轻描淡写地说。

尽管我很不赞同她的价值取向，但也不会多嘴说什么。宋娟想干什么总是认为自己的决定正确无比，不需要别人说三道四。我只是有点儿为常军感到可惜，他曾经是个那么古道热肠、年轻有为的人。

没想到半年后，我竟意外地遇到了常军。

那是一个秋天的傍晚，杨树落叶纷纷，地上照例铺满了金黄的叶毯。那些很适合玩拔根儿的老叶子在树下盘旋依依不舍，仿佛要和老树一起迎接繁花谢树、枯枝萧索的冬天。我从一家超市买完东西出来，看见有个人坐在旁边饭馆低矮的窗台上，一双拐杖斜靠在墙上。他穿着灰色夹克外套，里面的白衬衣敞着领口，已经熏黄的两根手指夹着烟，一手驱赶着围观的人。“我没醉，我真的没醉。”

尽管暮色苍茫，尽管童年时光已经遥远，我还是认出了常军。他已经头发花白，额头上也显出了皱纹。看着他艰难地拿过拐杖，支撑着自己站起来，我心里很不是滋味。

“你是常军吧？”我走上前。

他疑惑地睁大眼睛，眼睛里闪着惊异的光，忽然恍然大悟似地用手指点着我：“你是佳佳！我认得！”

我的眼泪要流出来了，经历了岁月的风霜雪雨，这么多年他还认得我啊。

“我见过你和宋娟的合影。”他往我这边走了两步，“你没什么变化啊。”

我说要开车送他回家，他答应了。他把拐杖放到后座，自己也扶着前坐的椅背坐了进去。车子启动了，我俩半天没说话，因为实在不知道该说什么，从何说起。

“宋娟都告诉你了？”他语气沉重地问。

“是。常军，不说那些不开心的事了，还记得小时候我们在林荫道上玩拔根儿，你帮我去抢宝根儿，被那个大个子推倒在地，脑袋还缝了好几针？”

他笑了起来：“记得，那时候的日子真开心。”

“还有那次，你非要帮我抱米袋子，结果洒了一地米……”

我俩都开心笑起来。他眼睛里的光彩只是间或一闪，又暗淡了下去。

他阴郁地说：“你是不是觉得我活得很失败？从小到大我一直喜欢由着性情做事，不计利害，不知权衡，结果付出惨重代价。”

我沉默了几秒钟，说：“我没觉得你很失败，是真的。以你的性情，看淡名利物质，忠诚于感情和内心。如果让你委屈本心和感情去生活，可能更加不幸。人活着都有自己的追求，有人为名，有人为利，有人为情，有人为义。无所谓成功失败，只是追求的目的不同而已。”

“如今我已两鬓斑白，却是两手空空。”他自嘲地说。

“有多少一生为功名利禄蝇营狗苟活着的人，守着豪宅名车，到头来也是空虚无聊。更有人因嫌纱帽小，致使枷锁扛……只要心里充实就行。最失败的是没有追求了。”

常军看着窗外，深深地叹口气：“你说得对，如果重新活一次，我也许还是这样走过来，本性难移啊。哦，我现在参加了一个公益社团，专门收集城里人的书籍去送给山区的贫困儿童。”

“真好，我想你做这样的事情一定很开心。”

“当然，这是我最喜欢做的工作，对我来说是一种享受。我不喜欢为赚钱去工作，说实在的，当年要不是为宋娟，我才不去开什么饭馆呢。”

“没错，我想也是这样。”我语气轻快地说。

“下个月我们几个志愿者一起去云南，看望山区的孩子们。”他提高了语调。

我抬起头从车前镜里看了他一眼，他的大眼睛流露出明亮的光彩，只有充满爱心和童心的人，才会拥有如此清澈的眼神。我似乎又看到在浓荫蔽日的林荫道上，弯腰认真捡拾杨树叶子的那个小男孩儿。

汽车奔驰在西三环路上，路灯纷纷向后倒退，连成一条奶黄色耀眼的光带。是啊，当生活把一扇大门关上时，一定会有另一扇大门为你打开，引导你走上一条光明大道。

美丽的“无缝钢管”

此“无缝钢管”非工业产品，而是“文化大革命”初期（1966年—1968年）对女生一种发型的称谓。这种发型的特点是头发不分缝儿，将长发梳拢起来，松松地编起两条小辫子。梳得好的，不管多么挑剔的眼光在她脑袋上都找不到一寸分缝。

大凡革命，总要拿头发说事儿：清朝初年要男子蓄发梳辫子；辛亥革命要男人剪辫子；“文革”初期红卫兵要女人铰辫子……到了1967年一些激进的女孩子索性剃了光头；再后来就出现了这种“无缝钢管”。

不是所有女孩子都能消受得起这种发型，只有那些敢于标新立异、很“狂”的女生才有资格拥有。因为与众不同，有时候“无缝钢管”也被认为是女流氓的打扮。如果在大院里某一天某个女孩儿梳起这种发型，绝对吸引眼球，也算得上是一桩爆炸性新闻了。

1966年开始的那个暑假被无限期地延长，不受管教的日子，一切随性，好像回到原始人类的蒙昧状态。

虽然不上学，但孩子们不分大小每天都很忙活。

在我们这个面积大约半平方公里的机关家属大院里，一些无所事事的男孩子成群结伙地在院子里晃悠。他们穿着发黄的旧军裤、黑色懒汉鞋。当时流传的一句话叫“狂不狂，看米黄”，如果你有一条米黄色的旧军裤，那就是入伙的通行证。否则，只能孤家寡人地宅在家里。“米黄们”骑着自行车在院子的小路上一圈圈地转悠，活像一群没头苍蝇。

领头的男孩儿叫向东，15岁左右，已经是中学生了。他个子不高，却生得十分结实，脸膛黑里透红，一身腱子肉；浓黑的眉毛十分醒目，眼睛不大，单眼皮，却目光如炬，像鹰一样敏锐。他是大院里的知名人士，据说曾经参加过著名的红卫兵组织“联动”，平时骑一辆飞鸽牌黑色男式自行车，左胳膊上戴着红袖标，肩上扛着红旗，威风得很。每当他骑车从坡上滑行下来时，率领着几十号人一起喊“靠边，靠边！”那气势好似“百万雄师过大江”。

碰到这种状况，大人们都要躲着走，谁没事儿愿意往枪口上撞呢。万一被他们撞个半残废很不划算。

向东之所以在大院声名显赫，是因为他曾经带着数十名大院男生和比邻的一部队大院的男生打过群架。那部队大院和我们院对门，两家只隔着一条小马路。部队子弟似乎天生好斗能征善战，有点儿老虎屁股摸不得的劲儿头，没有金刚钻谁也不敢轻易去惹那马蜂窝。不知道他们为什么与我们大院的男生结下了梁子，三天两头闹摩擦。一天下午，大院的许多孩子呼啦啦都像救火似地往大院门口跑，说是向东带了一帮男孩子和对门打起来了。我们跑过去时双方大院的管理人员已经介入，战斗也就结束了。结果似乎不分胜负，我们大院在欢呼胜利，对方也在额手相庆。不管怎样，有人敢摸老虎屁股就是胜利。

向东从此成了大院男生的偶像，就连那些脱下开裆裤子没几天的小屁孩儿，都喜欢屁颠屁颠地跟在他屁股后面四处流窜。

女孩子热衷议论的是向东的女朋友，一个叫范小英的13岁女孩儿，她喜欢把头发梳成“无缝钢管”。她住在大院的黄楼里，是院里出名的大美人，据说“文革”以前还当过学校大队长呢。我们这些年龄小些的总想一睹芳容，不过她似乎很恋家，深居简出，很少在院子里看到。

那时机关家属大院为没学上的孩子办了食堂，一到中午，大家便提着饭盒，三三两两地去食堂吃饭。每当这时，高大的饭厅里便充满了孩子们天翻地覆的喧闹声，比赶集还热闹。

总有一些爱拍马屁的小喽啰甘愿为向东卖力，他们每天早早地跑来站队，心甘情愿地为他抢占第一的位置。而向东总是在即将开饭的时刻走进食堂，大摇大摆地站到最前面的窗口去买饭。有时候他会推开众人，让两个女生站到他前面。那两个女生一胖一瘦，头发都梳成“无缝钢管”，身上穿着旧军装，胖的那个还扎着黑色的武装带。

“佳佳，看见那个瘦高个女的没有？”毛毛在身后捅我，她很八卦，专门喜欢打探张家长李家短。

“哪个高个？”

“就是梳无缝钢管的那个。”

“看见了，是谁呀？”我问。

“就是范小英啊，向东对象。”

“是吗？旁边那个挺胖的是谁？”

“小英的好朋友芳芳。”

等小英端着饭盆走过来时，我特地多看了几眼。她皮肤白皙，眼睛大而明亮，好似一潭深不见底的秋水清澈无瑕，又宛如月下的睡莲闪烁着清光。不过她的脸色不太好，有点儿苍白。她照例梳着“无缝钢管”头，自来卷的头发松松地向后梳拢，编出两条辫子。别的女生梳这种发型显出匪气，她却显出雅气，清雅怡人。当她经过我身边时，幽幽的有一种暗香飘过，温婉湿润，不是香水味儿，而是那种呵气如兰的年轻姑娘特有的气息。

总之，她很美，美得让人过目不忘。

可是没过两天，这美好的形象就在我心中打了折扣。

那时大院里无所事事的女孩子一天到晚都在玩跳皮筋、藏猫猫，或者在家里耍拐（用猪骨头或者羊骨头做的拐，一手抛起沙包，同时把拐翻面，再接住沙包）。而我和好友青青却成了另类，整天头顶烈日、挥汗如雨地帮助筛沙子。

离我们楼门口不远有一排高大的杨树，树下有一大堆沙子，把几棵树的下半段树干埋了起来。那是工人师傅准备修理洋灰管道用的。后来他们参加战斗队忙着闹革命去了，这些沙子就原封不动地被遗弃在那里。

我每天和青青吃过早饭就跑来筛沙子，两个“傻子”机械地挥着铁锹一下一下地干着，累得腰酸背疼。盛夏里的大杨树将自己繁茂的枝叶伸展成一把大伞，给沙堆带来一片清凉。我们不计报酬地只管付出，虽然赢得了很高的回头率，也换来许多嘲笑。有时候工人师傅们也过来干几个小时，并对我们大加表扬。不管怎样，看着筛好的沙子总有一种成就感。高高的沙堆吸引了许多孩子，他们从早到晚地蹲在筛过的沙堆上挖沙洞，砌城堡。沙堆就像一大张白纸，任我们尽情地发挥想像。杨树，鸣蝉，沙堆，使这里很快就成了幸福的游乐场。

一天，大美女范小英和她形影不离的朋友芳芳从沙堆旁路过。我一边筛沙子，一边瞟着小英，她眉目精致如画，美丽可人，谁不愿意多看几眼呀。

毛毛也在沙堆上玩，可能是出于妒忌吧，她小声地对几个年纪小的女孩子说：“看见没有，她们就是圈子。”

“圈子”是当时对女流氓的叫法，在北京很流行。如果你不待见哪个女生，一个“圈子”的大帽子就足以压得她抬不起头。周围玩耍的小孩子们听了毛毛的话，便冲着小英她们起哄地叫起来：“圈子，圈子！”

芳芳立刻火了，她跑过来吼道：“呸，你们才是圈子呢！”

毛毛从沙堆上站起来，说：“不要脸，梳无缝钢管的女流氓！”

芳芳从地上拣起一把沙子扔向毛毛，瞪起眼睛说：“你说什么？小心点儿，知道我是谁吗？”

毛毛不示弱，带领一帮小屁孩向芳芳扬沙子，芳芳则拣起地上的石头打我们。小英显出一副很害怕的样子，跑到一边躲开。我当然站在毛毛一边，也凑热闹地用铁锨扬沙子。没扬着芳芳，倒洒了小英满脚。她一边跺着脚，一边拉着芳芳小声地说：“走吧，别跟她们一般见识。”

芳芳一边走，一边指着我们说：“我认识你们，等着，没你们好果子吃。”

下午，我和青青、毛毛，还有几个五六岁的小孩子在沙堆上打造“长城”。城墙外边挖了深深的沟壕，沟上还用沙子掏成一座桥。好不容易建好了烽火台，挖好了护城河，一群捣乱分子忽然从天而降。他们都是些10岁左右的男孩子，蛮横地用脚踩塌了沙桥，踢倒了烽火台，总之，我们的辛苦劳动转眼间消失殆尽。

我一抬头，看见不远处一棵大树下，一个身穿米黄旧军裤的人站在自行车旁，上身趴在车座位上，一手扶车把，一条腿抬起放在后座上，这种姿势是当时最酷的。是向东，他正在目光犀利地注视着我们，一定是来为范小英打抱不平的。准是小英回去告了刁状，他才派人来报复的。

范小英的美好形象在我心中瞬间倒塌了。

向东看看沙堆上已经被手下喽啰们搞成了满目疮痍、一塌糊涂的“残垣断壁”，一招手，示意喽啰们鸣金收兵。

毛毛被气哭了，可是数数这大院里，谁敢惹向东？难道活得不耐烦了吗？想来想去，只好忍气吞声吧。

那天晚上，该洗脸上床的时候了，毛毛又来敲我家门。

“佳佳，有人在沙堆上……”毛毛看着从厨房里走出来的我妈，把后面的话咽下去。

那时候人们谈爱色变，心理都扭曲了：男女并肩夜行被认为是搞不正当关系，民兵治安队夜巡时专门抓“压马路”的情侣；就连小毛孩子也热衷于挖掘黑夜后面的男女私情，一旦发现，立刻像捉奸在床一样报告有关部门。

毛毛这么晚来访，肯定是发现了不得了的情况。我和她躲过家长视线，消无声息地离开家迅速扑向沙堆。

盛夏的夜晚，澄蓝的天上托着银色的半月，让夜空美丽动人。风儿轻轻地摇动着杨树叶，和树下的虫儿一起发出和谐的自然之声。沙堆上，树叶挡住了雪样的月光，轻轻掩住了一对幸福的年轻人。风儿的吹拂，让窃窃私语幻化成动听的变奏曲，在美妙的夏夜里，他们的轻歌曼笑把如花的青春装点得鲜亮照人。

毛毛嗓子发干，不知趣地咳一声，惊动了沙堆上的人。男的站起来，小心地拉着女的走下沙堆。我不知自己已经暴露，依然站在原地，不经意间与他们相向而视。月光下范小英比白日里更美丽，仿佛是一树气息幽香的丁香在黑夜中闪烁着清丽的光芒。向东的表情就不那么可人了，他目光如炬地盯着我，让人想到非洲大草原上饥肠辘辘、随时准备出击的猎豹。

我连忙拉着毛毛离开，脊背上直冒冷汗，不知道这个魔头又会找什么借口收拾我们。

谁知道这么个活土匪，竟然被我给整治了。

一天，妈妈交给我一个大口瓶子，让我到她一同事家去拿几条热带鱼。我提着瓶子拐到那栋黄楼前，看见墙根下坐着一长溜穿黑色灯芯绒面懒汉鞋的男孩儿，百无聊赖地看着过往行人。仔细一看，原来是向东和他的手下。向东半倚着墙坐在人群中间，一双腿懒洋洋地向前舒展着。我注意到他脚上穿着黑色布面懒汉鞋，这是真正“狂”的象征，比起穿黑色灯芯绒鞋面的人更牛，因为布面鞋价格更贵，也不易买到。在当时，从不同鞋面就可以知道某人在团伙中的地位，就像部队里不同军衔的肩章一样。

见有人过来，他们一起抬头打量我。

我一时踯躅不前，觉得好像羊入狼窝一样。想起前几天和小英芳芳打架的事，不知向东会不会修理我，心里害怕，不觉两腿发软。

见我犹豫不决，一个小男孩站起来，问：“嘿，你找谁？”

我说：“4号楼2单元5号怎么走？”

男孩子一愣，回头对向东说：“司令，是找你的。”

向东从人堆里站起身，表情尴尬地问：“你去我家干什么？”

我提起瓶子说：“我妈让我跟吴阿姨要几条热带鱼。”

“……跟我来吧。”他犹豫了几秒钟，不情愿地说。

我忐忑不安地跟着向东来到他家。他家里陈设简单，几个老式古铜色柜子，一张黑色书桌，剩下的就是床了。上世纪60年代，家家户户的家具不仅简单而且千篇一律，基本都是单位统一发放的。如果你细心观察，可以发现桌椅板凳上都钉着金属标号。向东6岁的妹妹也在家，那丫头我在院子里见过，细长眼睛向上吊起，也是个厉害角色，大约是仗着哥哥的威风吧。

吴阿姨特别热情，先请我吃水果，然后吃糖，然后便是口不停歇地夸奖她的儿子向东。说他如何懂事，如何爱学习，如何帮助家长做家务。我奇怪她好像生活在太空的其他星球，对地球上的事情一无所知。不过，向东在家中的表现的确让我刮目相看，他一会儿擦桌子，一会儿削苹果，一会端茶倒水，完全是一个乖乖男，和在院子里呼风唤雨的那个不良少年判若两人。看他浓眉下垂双目低垂认真擦桌子的样子，我忽然觉得他其实是个靠得住的男人。

吴阿姨还特别对我说：“我们向东还有一样特别好，从不交女朋友。有的男孩子乱搞对象，还粘上坏女孩儿，多让家长操心呀。”

我看了向东一眼，他那锐利的眼神遇到我的目光，居然像骄阳下的绿叶子一样蔫了下去。

“我带你去挑鱼吧。”向东有礼貌地对我说，可能是希望我快点儿离开吴阿姨吧。他带我走进另一间屋子，书桌上放着一个长方形的大鱼缸，里面铺着细沙，沙子上摆放着几块鹅卵石。石头中间漂浮着绿色的水草，许多美丽的热带鱼在水草之间自由地嬉戏。它们像磁石一样，立刻把我的目光吸引住了。

“我要那条，大尾巴的孔雀，还有那条，大个的红箭。”我不断地指点着，向东顺从地用小网子为我捞起来，放进我拿来的瓶子里。

“不给她这条红箭！”向东妹妹在一旁大叫起来，细眼睛瞪得老大，这丫头将来也肯定不省油。

“我就要这条！”我也不让步。

“不给！”

“就要！”

吴阿姨走进来，“怎么回事呀？”

向东赶紧哄他妹妹，“给她吧，赶明儿我再给你找两条更大的。”

我趁机又多要了两条小孔雀，把他妹妹恨得直咬牙。临走时，向东送我到楼下，显出一副终于松了口气的样子，低声对我说：“以后别来了。”

我回想刚才他那低眉顺眼的样子，心里很受用。

过了一段时间，听说向东和大院里的几个中学生要去陕西插队了。年龄更大些的孩子都去了内蒙古和东北建设兵团。那时候对少不更事的孩子们来说，插队是件无限荣光的事，而对家长们来说，则是一场灾难。

我们因为年纪小，暂时和插队无缘。我和青青已经对筛沙子失去兴趣，转而和一帮阿猫阿狗们（七八岁的男女孩子）跑到黄楼的后院玩打仗。那里有一片光裸的土地，长着几棵大槐树，树下有壕沟，有砖垛，大约是要修理地下管道用的。在我们眼中，这里有战壕，有子弹（鹅卵石），有长枪（树枝），是开辟战场的好地方。

正当我们准备战斗的时候，忽然听到从楼上传来歌声，是苏联歌曲，跟“文革”的革命歌曲没关系，没有那种让人只想打架斗殴的节奏。歌声美妙旋律动人，使我们飘然走入世界的另一片天地。

“那是范小英唱的，”青青告诉我：“她嗓子特好，还在广播合唱团里当过领唱呢。”

那歌声仿佛是透过树叶撒下的细细碎碎的阳光，轻盈、柔美，但隐隐地又蕴含着几丝哀伤和捉摸不定。

我抬起头，看见楼上有一家开着窗户，紫色窗帘在风中微微地摇荡，一定是小英的家。歌声断断续续地飘出窗外，缠云而上。我们静静地听着，被歌声紧紧攫住，渐渐地感到了其中的忧伤和无奈，让人生出一种难以言状的怜悯。我想，一定是知道向东要去陕西插队了，她心里难过吧。

毛毛带着一群小屁孩来到楼下，也许对上次打架还有余恨，想搞点儿恶作剧。她对那些孩子说：“听我的，一，二，三！

喊！”孩子们立刻大声喊起来：“范小英，范小英！”

楼上的歌声戛然停住，窗户被推开，出现了两个人影。

“谁在喊你？”是芳芳的声音，她把脑袋探出窗外，四处寻找。

“不知道，不认识。”

芳芳探出头，向下面叫着：“嘿，少在这里捣乱！”

“算了，别喊了。”是小英的声音，无精打采的。

此时，毛毛和手下的小喽啰们早躲到树后，只有我还站在原地。芳芳和小英向外张望了一会儿，见没人，便关上窗户。小英离开窗前时瞥见站在楼下的我，略带尴尬地冲我一笑。也许那天晚上在沙堆上她也真切地看到了我，为感谢我和毛毛的不事张扬，这一笑，也许算是迟到的致谢吧。

此时我清楚地看见了小英的脸，美丽，优雅，蕴涵着淡淡的忧伤，好像开在冰雪里一株凄艳的花儿。

后来，听说小英不顾父母反对，执拗地跟着向东去陕西插队了。她本来不是六九届的毕业生，按年龄不该去插队，可火一样热烈的爱和湖水一样的深情使一个柔弱的女孩儿变得无比坚强。

向东他们走后，大院里再没有了昔日自行车飞车队的热闹景象，树倒猢狲散，没有谁有向东那种强大的凝聚力，让一大帮男孩子追在屁股后面跑了。随着向东的消失，范小英也逐渐从人们的记忆中淡出。

许多年过去了，偶然一个机会我得知，范小英不幸在陕西插队的乡下得了白血病，当地医疗条件有限，她又不愿意离开向东独自回京治病，没多久就在县医院里去世了。按照她的遗愿，向东把她安葬在当地一片风景如画的梯田坡上，他们在那里曾经一起辛勤耕作过。我并不知道她去世前的心情，但长眠在爱人的怀抱里，消受着寒夜之中难得的温暖，心中应该没有遗憾吧。至于向东，当别人纷纷返回北京时，他却没有回来，而是长时间地守着小英的墓地，守着那坡梯田，守着那片黄色的土地。

这故事有一种诗意的悲壮，让听者唏嘘不已。

向东后来再也没有回北京，一直呆在陕西。听说他现在是一家房地产公司的老板，生意做得有声有色。在公司里，他依然是“司令”。

玻璃坑的秘密

有一种女孩儿是天生的八婆，她可以记得住你家大表姐穿过什么样的裙子，堂妹今年几岁，还知道你姑姑家的老二要去外地上学；在朋友堆里，她似乎对所有人的过去和现状都门清，如果你想知道幼儿园时代的谁谁谁近况如何，只要去问她就可以了。可是你知道她自己的情况吗？不清楚，她将你的注意力全部引向别人，最后你发现对她几乎一无所知。毛毛就是这样的女孩儿，大院里那些张家长李家短的新闻我们都是从她那里得到的，但是她对自家的事很少通报，就连她在后院玻璃坑里埋的是什么我们都不清楚。

1966年的那个暑假被无限期延长，全国学校全部停课。我们这些小学生们每天都在偌大的机关家属大院里傻玩儿，不上学的日子，幸福快乐难以名状。那时候大院女孩儿中流行着一种游戏——埋玻璃坑，也不知从哪儿传来的，有段时间十分让人着迷。游戏其实很简单，就是在院子里找块地挖个小坑，上面放块玻璃，用土埋住。过几天再挖开看看，如果玻璃面上蒙着一层水珠，说明不久要下雨；没有水珠的话近期将是大晴天，也算是个小小的“天气预报站”吧。

我家楼房后院是一片杂草丛生的空地，几棵大松树伫立其间。树干奇崛如铁，枝叶蓬松似盖，很有气派。据说机关大院所处之地以前是北京城外皇家指定的回回营墓地，这些树应该是墓地上的古松，在风雨中伫立好几百年了。解放后北京机关大院的家属宿舍不断向西郊延伸，经过几次伐木造房，墓地被平整，百年古松已经所剩无几。为了保护这些古老的生命，人们在松树根部修砌了圆形水泥墩子。春夏之交，我们经常跑到大松树下忙碌，用小铁铲奋力挖坑，埋玻璃。

女孩子心细好装饰，喜欢在坑底放些心爱之物埋起来：一张漂亮糖纸，几片花瓣，一块好看的石头。有时候还要抓个七星瓢虫、“花大姐”放进去，过几天再把它放出来，看它踉踉跄跄地跑路。玻璃埋好后要在附近做记号，否则连自己把宝贝埋在什么地方都忘记了。

我们几个同楼朋友如果在玻璃坑里埋进心爱之物，都会互相通告；可毛毛从来不说她埋的是什么东西，神秘得很。越是这样，越勾起我的好奇心，等她离开后，就在古松附近像日本鬼子探地雷一样探查，却一直没结果。这丫头心细如发，凡是容易暴露目标的修饰一点儿不留。后来有一天我终于探查到她的秘密，却发现是一段小小的人生插曲。

那时我们单元的六层新搬来一家人，是从黄楼（高干楼）搬来的，姓田，有三个儿子。哥儿仨都是老老实实的男孩子，尤其是老二，比我大两岁，眉宇间流露着淡淡的忧郁，儒雅俊朗，一副玉树临风的样子，很招女孩子待见。听妈妈说他们家被定成走资派以后，就被从高干楼里扫地出门，扫到我们这普通干部住的红楼里来了。

单元门里女孩子居多，这哥仨的到来让我们兴奋异常。毛毛很想邀请田家兄弟和我们一起玩，可她不肯出头，撺掇我去招呼他们。毛毛比我小几个月，那年10岁。我们同住一单元，她家在四楼，我家住三楼。毛毛是女孩儿堆里最臭美的妞儿，特爱照镜子，来我家玩儿每隔半小时就要进厕所踮着脚尖在镜子里瞻仰一下自己的尊容。其实她长相一般，只是皮肤比别人细嫩些，却一天要洗好几次脸。她一般不和男孩子打交道，只喜欢私下议论大院某些女孩儿的绯闻。

等田家人安顿下来，我便壮着胆子上六楼敲门。开门的是田家老大，虽然没有老二俊秀，却显得老成稳重。

“我是二楼的，叫佳佳，你们愿意和我们一起玩吗？”这样唐突地和陌生人说话，我自觉心跳明显加快。

“可以。玩什么？”

“摸瞎子。”

“行呀。反正在家里闲着也是闲着。”田老大温和地笑着，让人感到踏实。

第二天，田家兄弟就走出家门，和我们一起在楼道里玩“摸瞎子”。这个单元门已经变成了少年儿童俱乐部，整楼的孩子都成了俱乐部的铁杆会员。

在楼道里玩“摸瞎子”很有乐子。我们跨过栏杆，用双手抓住栏杆下半阶，把自己吊在半空，等蒙眼者走过去再翻身上楼梯。有的孩子把手和脚都挂在一处，让人想起亚马孙热带雨林里懒洋洋的树懒，又像澳大利亚森林里挂在树上可爱的考拉。挂在栏杆上的孩子屏住呼吸不敢笑，蒙着眼睛的“瞎子”像荒原猎手，竖着耳朵仔细辨认猎物。

遇到老二田晓当“瞎子”时，女孩子都希望他能抓住自己。尤其是毛毛，有时候即使躲过还要故意发出点儿声响，让他返身再回来。有时候干脆故意停在他面前，让他抓住自己，这样做也太明显了吧。她上蹿下跳地表演，连小辫绳掉了都不知道，一边的头发已经散开了。

“毛毛，看你，辫子都散了。”我大声地告诉她。

“哎呀，我的小辫绳呢？”她一手束着头发一边低头四处寻找。

“在这儿呢！”是田晓，他一手拿着刚摘下来的蒙眼布，另一只手拿着一段黑色长毛线。那时候我们都用猴皮筋儿或者牛皮筋扎小辫，只有讲究的、不怕麻烦的女孩子才使用黑色毛线。

毛毛走过去从田晓手里接过毛线，脸上是一种兴奋而不自然的表情。

不知是谁的妈妈在楼道里大声喊叫，提醒我们该吃晚饭了。快乐的时光即将结束，大家都有些依依不舍。毛毛忽然提议说:“晚上咱们到院子里去玩藏猫猫吧。”

“好啊。”我高兴地答应着。很奇怪，毛毛平时最胆小，天黑后从来不敢出门，何以提出如此大胆的建议。哼，准是为了多和田晓相处。大家都同意晚饭后出来玩，老成持重的田家老大给我们划定了游戏范围，而且说好一定要安全第一。

夜幕降临后，暗淡的星光下那些藏身之地变得有些鬼魅，摸黑在树木、石堆之间穿行时总觉得脊背丝丝发凉，也许玩的就是心跳吧。大院以前是墓地，据说随便挖个坑就能让几具枯骨重见天日。门前修下水管道时，我还亲眼看见一个胆大包天的男孩子用手托出个骷髅。

该毛毛找人了。她面对一棵大树干大声数到10，然后转身寻找藏起来的“猫猫”们。我躲在古松后面很快被发现了，正在懊恼时，她却压低声音让我别吱声，说这不算数。一转头却直白地问:“告诉我，田晓他们藏在哪儿？”我想都没想，就把战友出卖了，哼，早就知道她放我一马是为了找到田晓。

影影绰绰地，我看见毛毛小心翼翼地向田晓那边摸去。我知道胆小的她若不是为了田晓，绝不敢在暗夜里穿行于古松之间。是啊，在这样微风拂面的夜晚，你心仪的人儿隐身在黑暗中，要你带着一种“走遍十万大山”的决心去寻找，是多么浪漫而富有诗意啊！心儿在微风里荡漾，青春在光影中躁动，呵呵，这5月温馨的夜晚！

那天晚上大家过得非常愉快，谁知道半夜里出了大事。

“文革”开始后，我们父母所在的机关与全国各地的工厂、人民公社、学校、医院等单位一样，都分成两大派群众组织。机关里一派叫革命联合委员会，简称“革联”，另一派叫灭资兴无战斗队，简称“灭资”。他们矛盾的焦点不外乎一派要批斗当权者，另一派要保护他们。不愿参加两派斗争的人被视为“墙头草”，也是两派争取的对象。不论在大院的食堂还是澡堂，家委会还是传达室，不同政见的人遇到一起就乌鸡眼似地掐架、水火不容地争吵。在我们单元楼里，家长们也分别隶属于不同派别。我和青青的父母都属于“革联”，而毛毛和郑小红的父母属于“灭资”。田家兄弟的父母哪派都不是，因为他们老爸本身就是“走资派”。

那天夜里，我忽然被一阵嘈杂的声音吵醒，侧耳听，似乎声音是从楼上传来的。阳台上有人拿着家伙什儿在使劲儿地敲打搪瓷洗脸盆，一个嘶哑的女声高声喊叫着：

“‘革联’的同志快来呀，‘灭资’抓人啦！快来人呀！”

仔细一听，是田晓妈妈。她是个五十多岁的小个子女人，南方口音，平时就喜欢唧唧喳喳地说些听不懂的话，据说是宁波话。遇见老乡，不是站在道路中间就是横在单元门口，聊起来没完没了。其语速之快，单词之怪，旁人像听天书一样。好在三个儿子都不像她那么鸡婆。现在想来当时她还真是个天不怕地不怕、敢做敢为的宁波女人，一个破洗脸盆搅得整个大院鸡犬不宁，上千号人夜不能寐。

当当当！当当当！寂静的深夜里破脸盆的敲击声格外嘹亮。

老爸和老妈鬼鬼祟祟地打开门向外探头，妈妈要出去，爸爸一个劲儿地挡着不让出门。让我想起电影里鬼子进村的场景。

妈妈说：“咱们快去保护老田呀。”

爸爸说：“没看见咱们‘革联’的人都来了么，你别去凑热闹。”

我揉着眼睛爬起床，通过三楼的窗户看见楼下乱哄哄地围拢了许多人，好像在争吵。有两个身穿白色衬衫的年轻人抓着田晓爸爸的胳膊往外拉，另有两个穿灰色上衣的中年人往回拽。双方你抓住我的衣领，我拽住你的胳膊，眼看一场冲突就要爆发了。

我忽然看见了田晓，他无助地站在爸爸身后，眼神忧郁，有什么东西在眼睛里闪闪发亮。任凭那些人冲撞对骂，他只是呆呆地站在爸爸身边，不知所措。不一会儿，哥哥田老大挤过来把他拉走了，二人转眼消失在人群中。

田晓爸爸在机关里甚至在社会上都是有影响力的人物，“文革”开始就受到冲击。“革联”一派要保他，“灭资”一派要拉他去游街。“灭资”的这次夜间行动是有预谋的，白天抓人会遇到阻力，就选择夜间突袭方式。“革联”的人还在睡梦中，没几个赶来保护的，最后田晓爸爸被“灭资”战斗队的一帮年轻人抓走了。

第二天，我们楼里的青少年俱乐部彻底散伙了。田家的三个孩子不知去向，他们的妈妈也不见了踪影。我们几个女孩子呢，分别被父母派了任务。原来，两个革命组织连夜神速地印出小报，报道昨天夜里的抓人事件。两派都在文章里加油添醋，指责对方破坏“文化大革命”。妈妈一大早就出去了，回来时抱着一摞小报，让我带着妹妹去城里卖报，说这是组织分派的任务。

“去哪儿卖呀？”我问。

妈妈说：“去西单吧，那里人多。小报2分钱一份。”

“卖报的钱可以买零食吗？”

“可以。”

爸爸在一边说：“最重要的是注意安全，现在城里很乱，遇见有武斗的千万躲远点儿。”

“知道了。”我满不在乎地答应着。

我带着妹妹和青青坐大1路进了城（那时复兴门以里才算城里），一下车就径直跑到西单十字路口那家大食品店门前摆起地摊。这里是当时北京最热闹的地界之一，经常可以见到一些人坐在小板凳上，推销摊在地上的小报。有些人还把小报贴在食品店外面，或者电线杆上。第一次从事这样的“革命工作”让人心情激动，想像着自己就像《青春之歌》里的林道静一样参加斗争，撒传单、贴标语、卖报纸，气壮山河。无论如何，比在家里摸瞎子藏猫猫有意义得多。

大街上乱糟糟的，墙上到处张贴着标语："毛主席万岁！"、"打倒反革命某某某"、"某某某不投降就叫他彻底灭亡！"，等等。身穿褪色绿军装、腰扎皮带的红卫兵小将三五成群地在街上溜达，脸上是一副替天行道的神圣表情，有的则神气飞扬不可一世。他们的任务之一就是剪头发。大凡革命之初都要拿头发说事儿，就像清朝初年蓄长发，民国初年剪辫子。"文革"初期禁令很多，很古怪：不许留长发，不许烫头，留短发不可长过耳垂，梳小辫不许长过肩膀。记得我们几个当时都梳着"两把小刷子"的革命头。在大街上，戴袖标的红卫兵随便拦住行人，只要看见你头发的长度不合意，一剪子就剪下来。他们一般只剪一边头发，知道你回家必须继续找齐。对鞋子的要求也甚多，他们可以蛮横地勒令你脱下高跟鞋，敲掉鞋跟，让你趿拉着鞋艰难回家。

我们把报纸摊在地上，刚找了两块砖头垫在屁股下面坐下来，几个扎武装带的红卫兵大男生就走过来，问："喂，你们是干什么的？"

"我们是给革命联合委员会卖报的。"我有些害怕地说。

"是革命的还是保皇的？"

青青赶紧说："是革命的。"

一个身穿绿色军装、胸前别着毛主席语录纪念章的魁梧男生走过来，抓住妹妹的长辫子大声说："你怎么还留着资产阶级的长辫子？"

妹妹当时才6岁，吓得"哇"地一声哭起来。

她一哭，那个红卫兵倒有点儿不知所措，态度也缓和了，对我说："回家给她铰了。"

妹妹还在大哭，像受了天大委屈似地不依不饶的。那个红卫兵小将慌了，赶紧蹲下身，把自己胸前别着的"为人民服务"纪念章摘下来给妹妹别上，生硬地说："别哭了行不行！"妹妹看见纪念章，哭声戛然停住了。

我看见他胳膊上的红袖标写着"联动"字样，这是当时一个著名的红卫兵组织（首都中学生红卫兵联合行动委员会）的缩写。另一个著名组织是"西纠"（首都红卫兵纠察队西城指挥部），在我们大院里有几个男生号称是这两个组织的——不管真假，很受孩子们的盲目崇拜。

红卫兵离开后，我们赶紧卖报。妈妈教给我好几款卖报广告词，开始还不好意思叫卖，只好连哄带吓唬地撺掇妹妹大声叫卖。妹妹只顾摆弄那枚新得到的纪念章，叫卖声小得像蚊子。后来终于有人来买报了，我们才扯着嗓子喊起来。

"卖报，卖报！看'灭资'战斗队的反动嘴脸！"

"卖报，看'灭资'队半夜抓人的丑恶行为！"

不一会儿，毛毛和郑小红也夹着报纸来了。她们是来卖"灭资兴无战斗队"小报的，见到我和青青，故意在对面摊开报纸叫卖，距离我们只有两三米，面对面地打擂台。双方剑拔弩张、声嘶力竭地叫喊，看谁声高。

"《革联报》，2分钱一份！"

"《灭资兴无报》，2分钱一份！"

“看‘灭资’战斗队半夜抓人！”

“看革命联合会的保皇嘴脸！”

我生气地白了毛毛一眼：“少在这儿捣乱，是我们先来的！”

毛毛也不示弱：“是你家的地方？凭什么我们不能来？”

看她圆睁单眼皮眼的小样儿，真想活吞了她。

一有人过来，我们就扑上前去抢夺读者。一个戴眼镜的年轻人拿起我们的小报看了看刚要付钱，毛毛却递上她的小报。“眼镜”问，“你们卖的报都是一样的？”

毛毛赶紧说：“不一样，我们是造反派，她们是保皇派。”

年轻人犹豫了一下，放下我们的小报，买了毛毛的。

我气得七窍生烟，咬牙说：“毛毛，以后我再也不理你了。”

“爱理不理，你谁呀你？”

“灭资”队的报纸似乎更受欢迎，卖得比我们的多。毛毛幸灾乐祸地说：“你们卖不出去，活该！”

我气坏了，忽然心生一计，不怀好意地说：“毛毛你好奇怪，你不是喜欢田晓吗？你卖的报纸是骂田晓爸爸的，你干吗这么卖力，缺心眼儿吗？”

毛毛的脸“刷”地红到脖子根，一时语塞，好像被大风呛住了，过了足足半分钟，她才翻着眼睛气急败坏地说：“你管呢？我乐意。我是针对你的，针对保皇党的！”虽然嘴巴硬，但她还是听明白了我的话，把钱塞进上衣口袋里，把剩下的报纸卷起来。

“还早呢，咱们卖得挺好的，收了这么多钱，干吗走呀？”郑小红看着小盒子里的硬币，十二分舍不得地说。

“不卖了，反正我不卖了。”毛毛一边说着，一边收好报纸，拉起小红就走。

肯定是因为我提起田晓，严重地打击了她的斗志。

等我们卖完报准备班师回朝时，才发现毛毛正蹲在食品店不远的垃圾筒前，狠狠地将报纸撕成碎片扔进桶里。郑小红在一边心疼地劝她，可毛毛根本不听，把《灭资报》全撕了。算起来她们根本就没卖出去多少，中午吃饭都成问题。

妹妹嚷着肚子饿了。我和青青商量了一下，决定到街对面的庆丰包子铺买包子吃。那时的西单十字路口是北京最繁华的路口之一，知名馆子有好几个：鸿宾楼、同春园、庆丰包子铺，还有天福号酱肉铺等，我们手里卖报纸的钱只够吃包子的。当时庆丰包子铺里的生煎包5分钱一个，包子下面烤得焦黄，上面还沾着芝麻，很好吃，不过要排很长的队耐心等候，吃完后还必须自己端着盘子进厨房洗刷干净，因为餐馆服务员不为“资产阶级”服务。服务员的任务就是戴着套袖站在后厨门口，一本正经地背诵一段毛主席语录，然后催促吃完包子的顾客进厨房自己洗盘子洗碗。

我们买了三盘包子，三个人吃得瓜满肚圆。

毛毛和郑小红也来了，她们只买了一盘包子，两人并排坐在餐厅一角的一条木头长凳上，默不作声地吃着。那一小盘包子才4个，她俩紧巴巴地肯定没吃饱。我故意吧嗒着嘴吃给她们看，还不时用眼睛瞟着她们。无意中，我把目光落在妹妹的胸前，咦，那枚纪念章怎么不见了，就是红卫兵大男生送的那个！妹妹低头一看纪念章丢了，立刻咧开塞着包子皮的嘴巴哭开了。

这回轮到毛毛和郑小红扬眉吐气了。她们搞清楚状况后，一脸的幸灾乐祸。毛毛洗完盘子走出来，经过我身边时居然说："告诉你吧，纪念章被我拣到了！"

"还给我！"

"不给……你有本事就到后院去找，我回去就把它埋在玻璃坑里。找到了就归你，找不到就是我的了，哈哈！"毛毛大笑着和郑小红走了。望着她们的背影，我发誓就是把后院翻个底朝天也要把纪念章找出来。

第二天，我和青青还有其他两个"同门师妹"（父母都是"革联"一派的）跑到后院的大松树下，像鬼子进村一样挖地三尺，非要把毛毛的玻璃坑挖出来不可。不管她是不是拣到了纪念章，只要找到她的玻璃坑，就好找她算账了。

奇怪的是，我们几乎把毛毛平时挖坑的地方翻了个遍，也没找到。这家伙真鬼，真真假假地做了不少伪装，这里埋一根狗尾巴草，那里堆起一个小土堆，结果没一个是她埋玻璃藏宝贝的地方。折腾一上午也没结果，大家一肚子气没地方撒，不知道是谁想了个恶毒主意要整治毛毛。

我们在她埋玻璃的地方挖了个大坑，往里面灌了许多水，用树枝盖在坑上，再洒上土，像极了电影《地雷战》里埋地雷的方法。我们算准了毛毛肯定要来这里照看她的玻璃坑，一定能“踩响地雷”。然后大家躲到楼上我家里，等待胜利的钟声。

果然，十几分钟后，楼下有人尖叫起来并伴随着哭声，我们高兴地拥到窗前观阵：哈，毛毛真的把脚陷进泥坑里，雪白的新球鞋和淡黄色的旧军裤都沾满了泥浆。胜利来得太快太容易，让我们得意忘形地笑出声来。

毛毛抬头看见了楼上的我们，恶狠狠地大叫着：“你们等着，我找我哥去！”

那年月有个哥哥是多么大的奢侈啊，我时常希望自己喜欢的某个大男孩是我哥哥，并不止一次地幻想田晓或者田老大就是我哥哥——很奇怪的念头！

半小时后，哥哥的威力爆发了。有人在楼下对准我家窗户扔石头，哗啦一声，一块砖头把窗户上的一块玻璃打碎了。砖头飞进屋子里，砸在了床上。

妹妹吓得大哭起来。

青青说：“她哥真砸了，怎么办？”

“我也不知道哇。”家里没有大人在，我也想哭。

毛毛哥在下面喊着：“出来嘿，不给我妹赔礼道歉，我就接着砸。我砸啦——”

“住手！”楼上六楼阳台有开门的响声，有人出来干涉了，是田老大的声音：“喂，你干什么呢？为什么把人家的玻璃打破了？”

“她们欺负我妹，我得让她们知道知道我的厉害。”毛毛哥哥抬头解释说，嗓音降了好几度，看样子他挺服田老大的。

“你这样做是破坏公物，打坏了玻璃是要赔偿的。”啊，这是田晓的声音，他也来到阳台上制止破坏行径了。

我虽然看不见楼上的情形，但知道田晓一定在用不满的目光看着下面的作案人。我小心地靠近窗户，看见毛毛一边往楼上看一边使劲儿拽住哥哥的手，拉着他快速逃离作案现场，还恋恋不舍地回望着楼上田晓家的阳台。

风波虽然平息，毛毛却从我们队伍里消失了，有很长时间我俩见了面也不打招呼，直到开学后才和好如初。不过意外的是，有一次我竟然发现了她在松树下遗留的玻璃坑。其实就在围合松树的水泥墩子下面。拨开浮土，取出罩在上面的玻璃，并没有看见妹妹丢失的那枚毛主席语录纪念章，倒看到坑里面放着一朵枯萎的黄色野花，旁边还有一个小小的玻璃药瓶。瓶子里面有个黑色的东西，我费了很大力气才把它掏出来，一看，是一条普通的黑毛线……我想起来了，是在楼道里玩摸瞎子的时候田晓帮她拣到的那条。

我把瓶子放回原位，把玻璃埋好，也把这个秘密在心里埋藏起来。我不知道自己为什么没有四处宣扬，没有像发现新大陆一样把秘密告诉给其他女孩子，和她们一起嘲笑毛毛。也许因为我意识到，这里埋藏的是人类最美好的感情，是一个10岁的女孩子，在一阵山雨后破土而出的一点点爱情的萌芽。

许多年过去了，当年的玩伴有些已经不知去向。田晓和他哥哥不久就当了兵。田老大后来当了部队的高级指挥员。田晓复员后考上大学，毕业后在一个部委当公务员。“文革”后他爸爸平反晋升，他家早早搬出红楼迁进城里新盖的高干大院。

毛毛情窦初开的时间比我们早许多，不算暗恋田晓，13岁上初中时就和一个男同学开始谈恋爱。那时我和青青还对此非常鄙视，觉得她“思想复杂”。那次恋爱无疾而终，后来她又有过几次短暂的爱情，都以分手告结束，不过肯定积累了不少经验。

毛毛后来上大学时，爱上了同班的一个副班长。据说那人长得很像田晓，不仅一表人才，而且聪明能干。她好不容易击败了几个竞争对手，在毕业时如愿以偿地嫁给了心上人。她丈夫后来一路升迁，进入国务院工作，成为前途无量的青年干部。不过好景不长，上世纪末，有阵子许多公务员纷纷脱离机关下海经商，一些以前名不见经传的小公务员一夜之间发达起来。她丈夫也执意跟风下海。那时候她因为对前途拿捏不准，还几次来电话和我商讨。在那个风云流转大浪淘沙的年代，谁也不知道弄潮儿的前景如何，也许会飞升到浪峰，也许被海水呛得半死。最终的结局是，她丈夫去深圳创业一举成功，主持一个公司大马金刀地做得风生水起，却执意抛弃了她们母子，另结新欢。

毛毛是大院那堆女孩子里第一个结婚也是头一个离婚的，很奇怪，我的几个女性朋友都是早恋早离婚，难道这也成了婚姻的铁律？

那段时间毛毛很少与朋友们联络，像头受伤的野兽一样自己躲到草丛里疗伤。几年过去了，有一天她忽然和我联络上，通了很长时间的电话。她还像从前一样，给我通报了许多旧相识的近况，比如某某出国留学了，某某生了个大胖小子，某某在国家机关工作升任副处长，等等。之后毫不掩饰地告诉我她现在已经从悲伤中彻底脱离出来，自己一个人带着孩子也可以过得很好。又用骄傲的口吻夸奖儿子，说儿子很争气，去年考上了清华大学。

放下听筒，我眼前出现了那个皮肤白净的毛毛，她的双肩虽然柔弱，却独自担起了如此沉重的生活重担。看到她修补了琴弦，奏出新的生命乐章，真的为她高兴，衷心希望她生活得平安快乐。

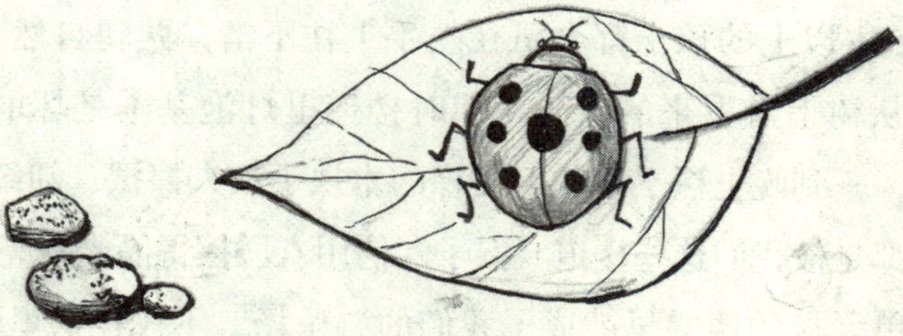

好友青青

“文革”初期的长假对孩子们来说幸福而无聊，我们单元楼6层18户住着大大小小十几个孩子，在学校关门的那段日子里，几乎每天都跑出来沿着楼梯玩“摸瞎子”游戏。

在楼梯上玩确实挺危险，可当时在机关大院里除了一个被称王称霸的男孩子（例如向东那伙人）霸占的篮球场，再没有其他场地可以玩了。拿楼梯扶手当滑梯早已不是新鲜事，10岁以下5岁以上的孩子都会趴在扶手上往下滑，两腿自然下垂，像只从树上滑下来的猴子。那时楼道里灯泡基本是坏的，没人管，一到晚上黑乎乎的。楼梯的木扶手没人擦拭，却纤尘不染，都是被我们这些楼道“猴子”们用衣服擦得晶光锃亮。

单元楼的楼梯早就成了我们的游乐场，不仅在这里聊天、摸瞎子、耍羊拐、玩扑克，有时候还在楼梯扶手上展开接力赛。一人站一层，前一个人从上面的扶手滑到你这里，把一个手绢之类的东西交接，你再接着往下滑，看哪组的速度快。因为没有手表，一般都是数数计算速度，孩子们一起喊着1，2，3，4……

一个秋高气爽而又无聊的早晨，其他孩子还没出门，我和毛毛在楼梯上等待开局。她双手拉着楼梯发旧的栗色木扶手，脚踩在扶手外面狭窄的梯子边，煞有介事地对我说，“告诉你一个秘密，你得向毛主席保证不告诉别人！”

我举起右手庄严宣了誓：“向毛主席保证和谁都不说。”

“知道吗，小燕的爷爷是流氓！”

“你怎么知道的？”

“娜娜说的，他对她耍流氓了。”

事情是这样的。8岁的娜娜和她同龄的小燕很要好，那天，两人在楼道里拿楼梯扶手当滑梯，从5层往下滑。当娜娜从最后一节楼梯滑下来趴在扶手上时，被住在一层小燕的爷爷出门看见了。他走过来拍拍她那胖乎乎的屁股，说：“多危险，快下来吧！”

娜娜对毛毛气愤地强调说：“他拍我哪里不好，拍我腿拍我背都行，干吗偏偏拍我屁股？还……连拍带摸的，老流氓。”

小燕爷爷瘦瘦的，面皮发黑黄，眼睛浑浊，手伸出来像干柴，整个人像抽了大烟似的没有一点儿阳光。他平时不出门，也没有什么朋友。我们去过小燕家几次，她家因为住一楼，被窗外一棵高大的核桃树遮挡住阳光，屋子里十分昏暗。这个干瘦的老头儿长年累月呆在昏暗屋子里，像整天钻进地洞里不见阳光的鼹鼠。

小燕妈是机关家属大院革委会的头头，早几个月已经在各个楼门口贴告示，说是接到上级指示，凡成分不好的人都要回原籍接受改造。她原来是个家庭妇女，没什么文化，也没固定工作，却泼辣能干，一直在家委会做事。她领着一些戴红袖标的年轻人挨家挨户地盘查，看看有没有违反规定的。对那些既没户口，又没有居留证的，立刻让他们卷铺盖卷走人。小燕爷爷因为是贫农出身，不属于被驱赶之列。当其他出身不好的爷爷奶奶都被赶走时，他却可以放心大胆地住在北京。我那地主成分的外婆早就知趣地回老家了，为这事我当时还真有点儿感激那个“上级指示”，否则她老人家每天碎嘴唠叨，或者背地向父母告我的刁状，够我喝一壶的。

眼下，小燕爷爷要流氓这件事很难下判断，也许是趁机要流氓，也许是看着娜娜玩得太危险，好心相劝呢。

青青家和小燕家是邻居，都住一层，我们犹豫再三还是把事情告诉了她。青青是我最好的朋友，也是个眼里不揉沙子的人。她听后，立刻睁大一双圆圆的、明亮而布满浓密睫毛的眼睛说:“我们不能放过一个坏人，要告他。”

青青在学校当过大队长，年年是三好生，特别敢于和坏人坏事做斗争。她外婆是地主小老婆，自然也是被驱赶对象。她妈留了个心眼，想把外婆先送到北京一个亲戚家藏起来，等风声过后再接回家属大院。青青知道后和妈妈大吵一顿，还扬言要把这种作弊行为报告大院革委会。她妈被逼得没办法，只好把外婆送回老家。

青青从小就做人严峻做事认真，只要她认为不对的事，一定要六亲不认地进行斗争，也包括我这个朋友。我俩从幼儿园起就是同窗好友，5岁时的一个夜晚，我因为想家决定趁老师不在逃出幼儿园。由于门上了锁，只好跳窗户。黑暗中，我蹑手蹑脚地摸到窗前，刚刚拉起插销打开窗户，一个女孩子的声音就响起来："老师，有人想逃跑！"孩子们都被吵醒了，个个变成无敌勇士。混乱中，一个孩子奋不顾身地扑过来死死抱住我的腰，不管我怎么打、掐，就是不松手。灯开了，老师冲了进来。没想到，死死抱住我的竟是好友青青，她的鼻子已经被我打出了血。

眼下，青青提出要告小燕的爷爷，我和毛毛、娜娜都举手反对。仅凭他拍女孩儿屁股一事并不能证明他就是坏蛋，再说，要告也只能往大院革委会那里告，小燕的妈妈是革委会主任，她能大义灭亲吗？

不过，青青一再坚持她的意见。她咬着嘴唇想了一会儿，说："如果他真是流氓呢？我们决不能放过他，不能让他再去危害别人。"

娜娜坚持说："我看，他就是流氓。"

毛毛说："不行，要是告错了呢？那不是冤枉好人？咱们平时和小燕关系不错，要是告错了，以后怎么和她一起玩呀。"

我想来想去，终于想出个馊主意，提出要试他一下。

“怎么试？”大家一起拿眼睛瞪着我。

“我们再从楼道扶手上滑下来，故意让他看见，如果他再有类似的举动，我们就去举报。”

毛毛不屑地说：“行啊，佳佳，那你就自己去试试吧。”

我脸上发热，半大的姑娘，谁愿意为试验流氓而舍身啊！

青青却严肃地说：“我赞成，俗话说，不入虎穴，焉得虎子。”她读书多，喜欢出口成章。

大家又经过反复协商，终于同意了我的意见。至于谁去舍身试验却始终没有定论。后来，住在二楼的郑小红提出自愿当那个试验者，总算解决了人选问题。郑小红就是这样，不管我们做什么，只要带她一起玩就很高兴。再说，她在这一重大行动中好歹也出演主角，想起来就会生出重任在肩的自豪感。

那是一个爽朗的秋的午后，秋风把黄色落叶卷起来，在楼门口盘旋了一会儿，又带往别处。我们几个集中在楼道里悄声地嘀咕着，做好战前准备。

郑小红最先走上楼梯，把一条穿着肥大蓝裤子的腿搭在扶手上，随时准备行动。她要等小燕爷爷从门里出来时候，恰到好处地从扶手上滑下来，滑到他面前。我们其他人躲到楼门口窥探，为了当个目击证人。这情景就像在雪地上放些食物诱饵，旁边放置拴着线绳的大罩子，只等着嘴馋的麻雀前来啄食，立刻放下绳子把它给罩起来。

毛毛充当了敲门人，她蹑手蹑脚地走到小燕家门口，抬头看看做好准备的郑小红，大着胆子敲起了门。

笃笃笃！我们的心都提到了嗓子眼。

笃笃笃！还是没动静。

里面终于响起了轻快的脚步声，门开了——是小燕！她虽然生得瘦小，两只眼睛却明亮而有神。“你们干什么？找我吗？”她声音清脆地问。

毛毛慌忙说：“是呀，找你出来玩。”

“我妈让我在家学织毛衣，不让我出去了。”

我走过来，问：“就你一人在家吗？”

“我爷爷也在家。”小燕抬起头看见郑小红，“喂，你趴在楼梯上做什么呢？”

郑小红吓了一跳，差点儿从扶手上摔下来，“我，没做什么。”

结果，这次行动彻底失败了。我们早该料到小燕也在家，却结结实实地把她忘记了。更尴尬的是，小燕的妈妈和一个胖女人这时也从单元外面走来了。那胖女人是大院革委会的副主任，姓徐，人很和气。见到我们几个转头对小燕妈说：“看看，这几个孩子一转眼都长成大姑娘了。”

“你们是来找小燕玩的吧？”她妈妈和气地问。

“不，不是，我们去青青家玩。”我们慌里慌张地往青青家钻。

小燕和她妈妈看着我们鬼鬼祟祟地钻进比邻的青青家，目光狐疑地关上自家门。

在青青家，我们围在窄小厅道里那张小小的圆桌旁重新商量起为民除害的大事。现在看来，重要的是要事先支走小燕，然后再去敲门。这个任务就交给娜娜，她俩年龄相仿，关系不错。

我又想到一个问题，敲门时若是她爷爷在屋里问是谁，我们怎么回答？如果回答找小燕，她爷爷肯定说不在家，一句话就把我们支走了。

最后，毛毛出了个主意，敲了门就跑。她爷爷听见敲门声又问不出是谁，肯定要开门出来看。等他一出来，扶手上的人便一下子滑到他面前，只看他如何表演。

行动那天，娜娜准时把小燕带到自己家里玩。可是主角出了问题，郑小红家里活儿多，她妈死活不让她出来。救场如救火，剩下的人必须补上去。我们几个你推我让的，最后还是青青挺身站出来。

“这有什么，不信他能吃了我。”

于是，青青从容地走到扶手的那头，绷着嘴唇的样子有点儿像从容就义的江姐。她站定后，一条腿跨过楼梯扶手骑在上面等着。

我呢，藏在青青家的门后。她家的门正对着楼梯，是监视犯罪现场的好地方。我把门打开一道缝，将从那里仔细观察“罪犯”的举动。

接下来依然是毛毛表演。她轻手轻脚地走到小燕家门前。

笃笃笃！她使劲儿敲了几下门，转身赶紧跑到楼门外。

笃笃笃！我们几个的心都在剧烈地跳着，不知道小燕的爷爷会不会出来开门？开门后会不会理会青青？会不会暴露他的本性？我们几个会不会演砸了？

几个女孩子当然不知道，我们正在搬起石头往自己脚上砸，更不知道自己已经卷进了一场阴谋。

小燕的爷爷终于把那扇褐色门打开了。

“谁呀？”他把瘦尖的脑袋探出门外，好像钻出地洞的老鼠。当他看见正要从扶手上往下滑的青青，刚要说什么，可能用余光瞟见旁边青青家半掩的门，下意识地往这边看了看。藏在门后的我把心提到嗓子眼，赶紧躲开门缝，双手按在胸口上，好像怕心跳出来似的。

等我回过神来，已经听见外面在吵架了。是青青的声音：“你干什么？流氓，你就是老流氓！”

“你这孩子怎么回事？”小燕爷爷用沙哑的嗓门说：“我是为你好，怕你摔着。”

“有你这样的老人吗？不害臊！”

“臭丫头，不知道好歹！”

毛毛从楼门口赶过来，我也冲了出去。青青涨红着脸，明亮的眼睛里像喷着火，正在和老头儿理论。

“你怎么骂人，嘴巴干净点儿！”我们一拥而上，和小燕爷爷吵起来。

“小骚货！”那老头从鼻子里哼出一声。

青青的大眼睛里满是泪水，大声说：“流氓，你就是流氓！”

鼹鼠似的老头儿扭头气呼呼地回到自己家，把门摔上。

我们都跑进青青家。

青青看上去情绪激动，她双手摁在桌子上直喘粗气，不管别人怎么询问，她始终不愿意复述刚才小燕爷爷对她的举动，看样子受到了很深的伤害。

“他就是流氓，我们去告他，一定要告他！”她坚定地说。

第二天，我陪着青青一起去家属大院的革命委员会报警。本来毛毛也该陪着来的，可她推说家里有事，临阵逃脱了。我虽然也不情愿出头，但受伤害的是我最好的朋友，而且是为铲除邪恶受到伤害，我必须陪伴左右。

革委会就设在黄楼的二单元101室，是一套两室一厅的套间。到了门口，看着挂着白底黑字的革委会牌子，我们踌躇起来。

“小燕的妈妈是革委会头头，她不会相信我们的，”我说，“说不定她爷爷昨天就把事情告诉了她，而且还说了咱们一堆坏话呢。”

青青神情凝重地想了想，说：“我们去告诉那个徐副主任，她应该主持正义。”

我们轻轻地敲了敲门，很幸运，开门的正是那个胖胖的徐主任。她有四十多岁，皱纹里装满笑容，热情地让我们进屋。我们谢绝进屋，并请她出来一下。徐主任好奇地跟我们走到院子里。她听了我和青青的口述后，沉吟半晌，严肃地说：“这件事你们和别人说过吗？”

“没有。”

“好，”她说：“不要再和别人说了，这事情很严重。青青，你做得对，就是要敢于同坏人坏事做斗争。剩下的事我来解决。放心吧，我们不会放过一个坏人的。”虽然秋风送爽，徐主任的脸上还是冒着油汗。

我俩松了一口气，青青总算没白白受辱。

两天后，一个在大院革委会工作的小伙子敲开了青青家的门。他看见我和毛毛也在，说：

“麻烦你们几位去一趟革委会。”

“干什么？”

“派出所来了两个警察，要调查流氓事件。别忘了叫上那个叫娜娜的女孩儿。”

说实在的，我们从没想到会惊动警方，心里忐忑不安。眼下，我一点儿也不想告小燕爷爷了，记得上次去他家，他还拿出糖豆请我们吃呢。仅仅因为这件事就把他搞到派出所，甚至坐牢，是不是有点儿太过分了。我看看毛毛，从她脸上也读出和我一样的心境。只有青青还是那般目光坚定，也许是因为她曾经以身试法了吧。

革委会的屋里光线很暗。小燕妈不在，估计是回避了。我们坐在朝南屋子里一张土黄色嘎吱作响的长条木椅上等着。过了一会儿进来了两个警察，一老一年轻，拿着蓝皮本子走进朝北的房间，关上门，让我们一个一个地进去笔录。我坐在那里，觉得自己就像罪犯一样等待提审。

徐主任找来三个带有工农兵形象的旧搪瓷杯子，用竹皮暖壶往里倒开水，然后笑眯眯地把杯子递到我们手里。

“别紧张，当时是怎样就照实说，仔细想想，别漏掉什么。”

我一抬头，看见窗外的树荫下露出几个脑袋，扒着窗台，探头探脑地望里看。那几个孩子看着眼熟，都是大院里的，几个特爱包打听的女孩子。不是说要保密吗？我们从没对外人说过，他们是怎么知道的？

当我走进北房时，已经快到午饭时间了，那个年轻的警察不时看看腕上的表。老警察开始问话：“听说是你出主意要试试那老爷子的？”

我不知所措地点点头。

“你为什么要出这个主意？”

“因为……因为我们不能确定他是不是干了坏事。”

“现在你认为他是流氓吗？”

“我也不知道，反正他对娜娜、青青都耍流氓了。”

年轻的警察在本子上飞快地记录着。

他又让我讲述当时的细节，因为我确实什么也没看见，他费尽心思地动员、引导，见我实在说不出什么，只好作罢。

笔录完事，老警察说：“你要是再想起什么，随时告诉我。”

等我们离开革委会时，早已等候在楼门口的院里的一群女孩子呼啦啦围住了我们几个，像记者进行新闻采访一样七嘴八舌地提问：

“你们犯什么事了？”

“警察为什么找你们？”

“听说你们抓了个流氓？”

我们表示无可奉告，带着满面羞愧好不容易冲出人群，赶紧溜之大吉。

后来，我们几个人饿着肚子集中到青青家对口供。娜娜不满地说："那个老警察老是问我，摸你哪了，讨厌，我觉得他也像个流氓。"

"别这么说，"青青严肃地说，"那是人家的工作。"

说实话，我对那个老警察印象也不好。

我们本以为这件事到此为止，从此天下太平，没想到会惹出更大麻烦。

转天是个星期天，还没吃早饭呢，就听见大院里人声嘈杂，楼下响起脚步声，还夹杂着孩子们的互相招呼声："有人去砸革委会了，快去看看！"

我赶紧跑到窗户边，看见几个男孩子匆匆往黄楼那边跑，后面还跟着岁数更小的女孩子。

妈妈提着一个套叠在一起的铝饭盒进来了，她刚去食堂买早点，里面放着热气腾腾的稀饭和包子。她一边往桌上摆碗筷，一边催促说："快点儿，吃完早饭跟我去趟青青家。"

我心里一沉，知道我们肯定惹祸了。

在青青家里，两个母亲并排坐在单人床上，两个女儿背着手老老实实地站在她们面前，我又一次体会到当犯人被提审的滋味。

"你们被人利用了，"青青妈妈说。她的岁数比我妈大，眼角已经现出了鱼尾纹，眼睛里饱含风霜。在经历了镇反运动、反右斗争和“文化大革命”后，对人事斗争明察秋毫、洞若观火。

“知道吗，小燕妈和我们都是革命联合委员会的，与我们对立的灭资战斗队知道了你们的事情，拿出来大做文章。他们张贴了好几张大字报，还添油加醋地乱写。刚听说一些年轻人还跑到大院革委会去闹，要小燕妈下台。好像还动手砸了革委会的东西。”

我吃了一惊，觉得很奇怪。“大院革委会的那个徐副主任不让我们对外人说，我们从没把这件事情漏出去过。”

妈妈说：“你们真傻，坏就坏在那个徐副主任身上。她是‘灭资’队的干将，巴不得把事情闹大，把小燕妈整下台。”

青青妈转向女儿：“青青，你这样做的欠考虑，以后咱们怎么和小燕家相处，我们都是老邻居了。”

青青眉头皱起，沉着脸说：“他是坏人，难道看着他再去害别人。”

“你可以跟我说，让我来处理。”

“在学校老师天天教育我们要向坏人坏事做斗争。你不是也老说不能姑息坏人吗？”青青执拗地说。

青青妈伸出一个指头点着她的脑门说：“这孩子，就是这么死心眼。”

后来，小燕的爷爷还是被勒令遣回原籍，因为他成分好这还算是优待了，要不然被派出所拘留都说不定。他走的那天，正碰上我和青青。老头儿黑着脸，肩膀上扛着个大包袱，小燕一声不吭地跟在后面。

小燕妈胳膊上挎着个细竹皮的篮子也出来了，她另一手提着个小包袱。见到我俩，大吼一声："你们给我站住！"

我们吓了一跳，像被钉在地上似的动弹不得。

"青青，你这没良心的，你是我从小看着长大的，你为什么这么害我，啊？"

"阿姨，我，我不是……"

小燕妈嗷地哭起来，像深山里的困兽："你害我丢了主任，害我没脸见人，连小燕都跟着受气，这都是你造的孽呀！"

青青也哭了："我，我不是故意害人，阿姨，他就是做错了。"

"滚开，以后别让我见到你。"小燕妈说完，气呼呼地走出楼门。

小燕也气哼哼地说："向毛主席保证，我再也不理你们了。"

最后，这里就剩下发呆的我和哭泣不止的青青。

此后，我们度过了一段艰难的日子，忍受着莫名的压力。只要我们在大院里出现，不管是去食堂打饭还是去医务室拿药，或者去澡堂洗澡，都可以看到身后有些孩子指指点点、嘀嘀咕咕，好像要流氓的是我们几个。

"瞧，派出所找的'红楼的那几个女孩'，就是她们几个。"

"是她们对人家要流氓还是人家对她们？"

"搞不清楚。"

"红楼的那几个女孩"似乎成了放荡女孩的代名词。连我家楼上新搬来的米静（比我大一岁的女孩）见了我们都故意回避，好像怕沾上晦气。为了逃避，除了娜娜，我、毛毛，有时候加上郑小红几乎天天躲在青青家不敢出门。结果，我们倒真成了不敢见天日的地老鼠。

这件事中最大的受益者是那个大胖子徐副主任。没多久，小燕妈的主任被撤，换成了她。看她每日扭着水桶腰，耀武扬威地带着手下在大院里巡视的样子，恨得我们牙根痒痒。

鹬蚌相争，总会有人渔翁得利。在非洲大草原上，当狮子和野牛搏斗时，有多少只贪婪的鬣狗等待着两败俱伤后，扑上来豪夺你手中的利益。

复课闹革命后，大院里的孩子各回鸟林一哄而散，我们几个地老鼠总算雨过天晴，敢于出来见天日了。大院的孩子们都各奔自己的学校，渐渐把这件事情淡忘了。后来我们楼的这帮孩子有的随父母下干校，有的去外地奶奶家上学，几乎都云飞雾散了。

80年代初，我那性格执拗的好友青青去美国留学，获得博士后留在了大洋彼岸（很奇怪，我的几个思想“左倾”的熟人后来都奔赴了他们最痛恨的美国）。开始她在一家有美国政府背景的大公司做事，有点儿像中国国企，薪水高工作也轻松。后来听说她离开了那家公司，一直没找到一份固定的工作。起先我以为她想在家里带孩子，但青青不是那种甘当家庭主妇的人，而且以她的性情对寄生虫般的全职太太生活深恶痛绝。她后来打零工，做半日制工作，几经周折才在金融界找到一份比较满意的差事。在一次隔洋通话中，她落寞地对我说自己在那边感觉很不好，缺少成就感，觉得一生虚度，一事无成。

前两年她回国探亲，我们聚会了一次，她才说出了离开第一家公司的真正原因。因为她发现上司有侵占公款行为而告发了她，反被人家以诬告的罪名开除了。上帝！她那眼里不揉沙子、敢于同坏人坏事斗争的精神竟然发扬到大洋彼岸的美国去了！

我望着青青，虽然她的额头已染上岁月的风霜，但是那双大眼睛依然明亮如炬，即使在夕阳西下的年龄，也不改她如霞的美丽。我知道她不管在地球的哪个角落都会秉性不改，眼睛里永远揉不进沙子。在荒僻干旱的沙漠上，她会把自己长成绿荫如盖的胡杨树；在寒冬腊月的风雪深处，她将自己绽放成一树灿亮的腊梅花……

邻家女孩儿

“喂，佳佳，帮忙想想，咱们楼的那几个女生谁有可能当局长夫人？”

毛毛电话里的问题怪怪的，但我笑不出来，知道她正身陷困境，盼望我帮一把。

毛毛是为她的宝贝儿子小刚来求援的，也算是病笃乱投医吧。小刚四年前考上了清华大学的自动化学院，一个令人羡慕的人生起点。可这孩子没好好珍惜，父母离异给他的精神造成创伤，他怯于与他人交往，整天沉溺于网上游戏，结果可想而知。毕业时校方拒绝了他留级一年的申请，只给了个大专文凭打发他回家。

对毛毛来说，无异于天塌了。婚姻破裂后毛毛是以一己之力把儿子推进了全国第一高等学府，她为此付出了太多。想当年小刚在亲戚朋友祝福和羡慕的目光中打起行囊走进清华园，给了毛毛多大的宽慰。仅仅四年，这一切就黑白颠倒了。丈夫的抛弃，已经折断了毛毛的一只翅膀，而眼下，另一只翅膀也在风雨中折断了。

“现在最重要的是找到能和那个常务副校长说上话的人，求他给小刚留级一年。”毛毛哽咽着在电话里说，“你记得王娅娇吗？以前住黄楼的，我昨天在大院里遇见她，她说咱们楼门里有个女生嫁给了科技部的一个局长，跟那个副校长关系密切，只是搞不清是谁？”

“总得有个大概方向吧。”

“咱们楼里就那么几个女孩儿，帮我想想啊。我现在都昏头了，不知道该找谁。”毛毛的语气发飘，显得着六神无主。

我挂上电话离开办公室，走在下班的路上。夕阳渐深，尽管街市上车水马龙，安详的流光却在无声地蔓延。三十多年前楼里的那些女孩儿才10岁上下，几十年的山高水长、风云雨雾，天知道后来谁能火起来，谁能草鸡变凤凰？

我开始在记忆的箱子里翻腾。当时楼里除了我还住着几个与我年龄相仿女孩儿：一楼的青青出国了，排除在外；除了我还有二楼的郑小红、四楼的米静和五楼的娜娜，虽然岁数参差不齐却都是生于上世纪50年代。

首先，毛毛要找的那个局长夫人肯定不是我。我老公是个机关小公务员，天天朝9晚5的，没什么野心；只要每天晚上能看上两集感兴趣的谍战片，周末泡上壶明前碧螺春，往沙发上一坐，就是人生享受了。知足常乐，嫁了这样的男人虽然没有大富大贵，却也有幸福宁静的小日子。功利心强的女人可能会感到不满，但是我还好，也算是比上不足比下有余吧。

住在我家楼下的郑小红呢？不太可能吧，怎么想她从头到尾都没有半点儿夫人相。那就是一个柴火妞儿，放在田间地头里倒挺合适。

郑小红与我同岁，肤黑，眼小，厚嘴唇，实事求是地说就是一丑女。有些丑女貌丑神俊，目光犀利而气质优雅，而她，从里到外，结结实实就是个丑妞儿。她爸是机关里的普通干部，妈妈原先是工厂女工，因病瘫痪在床，也没精力打扮她。记得小红经常穿着用哥哥旧衣服改造过的肥大衣裤，宽大的裤腿拖着地面，像墩布似地把灰尘和泥浆都收敛起来。冬天里她好像老是感冒，经常拖着鼻涕在家里干活儿，还时不时地用手背擦一下鼻子再往衣服上蹭蹭。楼里的几个女孩子多少有点儿嫌她，私下里议论她不爱干净，身上总带着好几个月没洗头馊呼呼的难闻气味。

长大些，小红的表姐彩玲从门头沟过来住，小红的打扮就更加各色了。两条小辫子几乎梳到头顶上，眉前是齐刷刷的刘海，看上去像动画片《聚宝盆》里的渔童。经常看见她提着铁桶从楼门口跑出来倒垃圾，上身是荷花红的对襟棉袄，下身是苹果绿的缅裆裤子，不仅色彩犯冲而且俗不可耐。总之，彩玲按照自己的审美把她塑造成一个标准的村姑。在大院里，我们都不好意思跟她多说话，怕旁人误以为她是我们谁家的乡下亲戚。

尽管其貌不扬，但小红性情不错，亲和力强。有时候我们在楼下玩，缺人帮助举皮筋，就冲着她家一楼的窗户喊："郑小红！"

她总是飞快地跑到窗口，高兴地答应着："我在这儿！"

"出来，跟我们玩皮筋吧！"

"好！就来！"她总是立刻放下手里的火柴盒，或者韭菜叶跑出来。

举皮筋这活儿并不轻松，分为"大举"和"小举"。小举在腰际，大举在头顶，举着拴成长链的皮筋直到我们每人都玩过一遍胳膊肯定酸了。但是郑小红从不喊累，也许是珍惜和大家的友谊吧，不过为了跑出来和我们玩她常和妈妈吵架。

郑小红从小就不是读书的料儿，虽然很努力，但是脑子像块木头似地发死发硬，成绩一直在班上垫底。那年本来有考高中的机会，可她不想再上学了，为了给家里减轻负担去了郊区插队。听说她很能干，是知青里挣工分最高的，一年功夫就给家里拿回了200多元钱。后来她调回城里当了百货商店的售货员，她家也搬出了家属大院，从此音信全无。

郑小红似乎与男女之情谈恋爱的事情不搭界，私下里我们都对她能否顺利结婚表示怀疑，不知道哪个有毅力的男人能容忍她身上的那股子味道。

郑小红是局长夫人的可能性被我否定了，那四楼的米静呢？我觉得她是最有可能的人选。

米静是个独生女，父母都是机关里外事局的高级翻译。她生得优雅大气，齐耳的短发，曲卷的发梢看上去像自来卷，其实是她妈妈精心设计的。她的大眼睛十分漂亮，但间或一闪却让人觉得寒气逼人。她算个美人，不过是个冰美人。

米静不太合群，不喜欢串门，也不喜欢我们去她家里玩儿。有时候我们去郑小红家帮忙糊火柴盒，千呼万劝的她才答应一起去。记得那一次她穿了一件素净的红白格子衬衫，一条白裤子去小红家，站在屋子中间看我们刷糨糊、裁剪纸片，始终不肯动手。小红热情地拿来一把小凳子让她坐下，她嫌凳子面上发黑不肯坐，宁愿就那样笔管条直地站着，还不时用手背下意识地弹弹她那干净的白裤子。不到10分钟她说什么也不在小红家呆了，我陪着刚一走出门，她就在楼道里呕吐起来。

“米静，米静，你怎么啦？”我慌张地问。

“我喘不上气，太闷了。佳佳，你不觉得她们家有股怪味吗？”

“没有呀。”

“一股酸呼呼的臭味，就跟小红身上的味道一样。真受不了，我早就想吐了。”

从此，米静再也没去过小红的家。在我的记忆里，郑小红也从来没去过米静的家。

有一次，米静说她爸拿回一枚贝壳做的毛主席纪念章，大家立刻吵着要看。那时毛主席像章比金银珠宝更招人爱戴，孩子们得到一枚就要到处显摆。后来像章越做越热闹，不仅有铝制的、铜制的、贝壳的、玻璃的，还有夜明材料的。再后来越做越多、越做越大，每个人的家中都有几枚到几十枚。由于浪费了大量的铝合金，毛主席他老人家生气地发了话：“还我飞机！”

米静虽然不情愿一大帮孩子去她家串门，但是得到那枚珍贵纪念章太兴奋了，她破天荒地答应我们去她家开开眼。第二天，我们一起约到四楼，看她用钥匙小心地打开家门，这时，二楼响起了关门声，

“等等，我也去！”

是郑小红的声音，她得了信儿，也要来看。

米静停住手里转动的钥匙，脸色沉下来：“你们别来了，我妈一会儿就回来。”

等郑小红兴奋地跑上楼时，我们已经散伙了。大家深感失望。她的家像深藏在山洞里的宝库，不管你是否得到咒语都不会轻易打开。后来，米静小声对我、青青和毛毛解释说：“不是不愿意你们来，我是讨厌郑小红。她身上味道难闻，会把我家搞脏的。”

终于有一天，在郑小红缺席的情况下我们走进了米静神秘的家。其实也没什么特殊的，就是比别人家干净些，桌椅上一尘不染，水泥地板擦得像镜子一样直打滑。屋子里有一两件新奇的欧式家具，据说是从国外带回来的。最令我惊奇的是桌子上随便丢着两块黑色和金色纸包装的巧克力，上面还写着外文

字。那个年代，连普通水果糖都不易得到，巧克力更是稀罕物，而她家的巧克力竟随便丢在桌子上，真让人羡慕！

米静十分警惕地注视着我们的举动，不断地提醒着："毛毛，别坐在床上。"

"佳佳，别碰那个茶几，会把瓶子打破的，我爸爸最喜欢那个花瓶了。"

"青青，你在看什么呢？"

后来她终于从抽屉里拿出一个漂亮的圆形铁皮糖盒子，打开盒盖，掀起一块黄色的绒布，让我们瞻仰了一下她那枚漂亮的闪着五彩光芒的贝壳纪念章。仅仅只有几分钟，她就像怕被我们看到眼里拔不出来似的，赶紧收起了宝贝。

后来我和青青又去过她家一次，还邂逅了她父母。说起来，那也是一双与众不同的父母。平时在楼道里碰面我们总是有礼貌地和他们打招呼，"叔叔好，阿姨好！"而得到的总是他们冷冰冰的点头，连微笑都舍不得给一丝。我们进屋的时候，夫妇俩正穿着精致的绸缎睡衣，坐在桌旁聚精会神地下国际象棋，见我们进来，居然自顾自地下棋，连眼皮都不抬一下。

米静高中毕业后没去插队，在一家邮局找了份工作。恢复高考后她考上了大学中文系，听说毕业后在一家报社做编辑。对她的了解到此为止，不过我有一种感觉，以她的漂亮、高雅和挑剔的眼光，以她那苛求的父母，她的老公一定是千挑万选出的精英人士，如果要在我们单元里找出一位局长夫人来，非她莫属。

第三个女孩儿是住在5层的娜娜。娜娜比我小两岁，胖乎乎的，长得像个洋娃娃，弯曲的长睫毛像湖边密不透风的草丛，眼睛水汪汪的，像两潭透明的秋水。娜娜最大的特点就是喜欢唱歌跳舞，不管谁提出要求，“娜娜，给我们跳个新疆舞吧。”她立刻高兴地说：“好啊，去我家吧，我家有地方！”

然后，全楼的女孩子都挤进她家，看她从厨房里拿出一个陶瓷小碟和一根木头筷子，一边敲打着，一边在单人床、桌子和椅子的缝隙之间穿梭，气喘吁吁地为大家表演。记得郑小红总是跟在她后面，不停地搬椅子挪桌子，给她让出更大空间。舞蹈结束后，她还要躬身向我们行礼，做得很到位。

不过，我对娜娜印象最深的，却不是一个美好的记忆。

“文革”期间放长假，大家闲着没事做就学着养鸡。楼后面有一片空地，黄土和碎石间荒草丛生，还长着几棵百年古松。白天我们常来这里埋玻璃、挖陷阱、采野花、抓蚯蚓，在城市的砖头瓦块之间，这里是我们快乐的农家院。

每天吃完早饭，我便提着鸡笼来到后院，把里面两只啾啾鸣叫的小鸡放出去在地上捉食。小鸡那茸茸的黄毛在阳光里泛着金光，在绿色的草地上宛如两只黄色的小精灵。我和青青蹲在地上，屏住呼吸看着这些闪着吉光的美丽小家伙。

有时候郑小红做完家里的活计，也跑过来看望小鸡。她家从三年自然灾害时期就开始养鸡，养了好几只下蛋母鸡，屋子里没地方，她爸就在楼道里放上一个大纸箱子里，全家靠着母鸡一周下几个新鲜鸡蛋改善生活。

那时候大家的居住面积都很小，居民楼的楼道就和储藏间差不多，或堆着蜂窝煤，或放着大白菜。当然，像小红家这样拿楼道当鸡场的不多见。鸡是活物，要吃喝拉撒，还要嘀嘀咕咕地叫唤，引起邻居不满。不知道是哪位芳邻下了毒手，把耗子药掺在鸡食里，将几只母鸡都毒死了。知识分子成堆的地方就是这样，有意见不当面提，背后下黑手。后来，她家再没养鸡了。不过郑小红很有经验，告诫我们不要给鸡喂得太饱，饲料里要放点儿菜叶儿。她喜欢蹲在地上拿根狗尾巴草，逗弄小鸡。

娜娜也跑来了，她激动地说："哦，小鸡真可爱，太可爱了。"这个好动的胖女孩儿很少老老实实地蹲下来观察，或者安安静静地挖蚯蚓，而是在鸡群中跑来跑去，在追逐中感受快乐。结果，她一脚踩在我的一只小鸡身上。当时我恐怖地大叫了一声，肯定比恐怖片里的鬼叫还瘆人，她一定是被吓坏了，回身一脚踩在我的另一只小鸡身上！

我觉得天塌了，徒劳地想让倒下的小鸡再站起来，然后大哭了一上午。在后来的生活中好像再也没有遇见过如此让人心痛的事。

朋友们都跑来安慰我，娜娜吓得几天不敢和我说话。后来郑小红说她表姐家的老母鸡孵了好多只小鸡，进城时带了两只送给我，才算完事。

这事也不好怪娜娜，她比我小啊。至于她日后能否成龙成凤，是不是做了局长夫人我表示怀疑，这家伙虽然漂亮，但说话做事不爱动脑子，看上去就那么愣。

虽然过去了三十多年，楼里几个女孩儿的音容笑貌依然历历在目。不过令我犯愁的是，因为不知道她们后来的境况，仅凭小时候的举止表现，依然无法判断谁是那位局长夫人。

……

没过两天，毛毛又给我来了电话，口气显得轻松镇定。

“佳佳，后天晚上有事吗？聚一聚怎样？”

“都有谁呀？”

“你、我、郑小红、米静和娜娜。”

“天！你太神了，你是怎么找到她们的？”

“没什么，只要用心没有找不到的人。”

“你家小刚的事情怎样了？”

“你来了就知道了。”

我思忖着，看样子事情有门儿。

在城北一家优雅的餐厅的包间里，几个小时候的玩伴见面了。我们互相仔细打量着，希望从已经陌生的面孔中找到儿时的模样。

坐在上座的那个中年女人优雅端庄，头发梳得妥妥帖帖，穿一件质地上乘的灰色细绒线毛衣，设计典雅，领口的暗花缀着几个亮片，与灯光相映反射出亮光，映照着她闪光的眼睛。毛毛指着她问我：

“猜猜，是谁？”

“郑小红！”

毛毛拍拍我的肩膀：“不知道吧，她就是那位局长夫人，已经帮我把小刚的事情摆平了。”

郑小红赶紧站起来：“是佳佳啊，你刚进来我就认出你了。”

看着她，我一时没回过味来，与小时候的印象也相差太远了。

“人家郑小红真帮忙，”毛毛兴奋地说，“她让老公找了那个常务副校长说情，让我家小刚再留级一年，副校长一口答应了。”

我赶紧开玩笑地问：“小红，说说，你和你老公是怎么认识的？用现代话说，你是怎样钓到金龟婿的？”

她轻轻地一笑：“咳，我俩当时都没人要了。是真的，我们那时都二十八九了，他长得挺寒碜，那模样，扔到土豆堆里都找不出来，一直没找对象。他妹妹是我的同事，就把我介绍给她哥。就是这么回事。”

“哈，”我说：“扔到土豆堆里都找不出来的老公成局长啦。小红，你真有好命啊。”我眼前出现了那个流鼻涕的柴火妞儿，糊火柴盒的黑皮肤妹子，几乎不相信她们是同一个人。看她印堂发亮，脸颊饱满，比从前优雅了许多。她依然像小时候那样热情，给这个让座，为那个夹菜，看不出什么贵夫人派头。只是在盯着你时，目光中闪现出生活和岁月馈赠给她的骄傲，和与众不同的人情练达。

与她对话的当儿，恍然嗅到她腕上淡淡的香水味，优雅、恬淡，是夏耐尔5号！我的鼻子一向对这种高雅的香气十分敏感。小红带着身上与当年糊火柴盒时代完全不同的气息，扭头与身旁的毛毛小声商量着如何给那几个帮忙的官员送礼，如何还部长秘书和司长的人情。是呀，也就是作为局长夫人，她才能洞悉这里的水深水浅，说得出那么准确的官员头衔。真是嫁鸡随鸡、嫁狗随狗啊！

毛毛抬起头，又指指在座的另一位问我，“认出是谁了吗？”

尽管岁月荏苒时光无情，尽管眼角出皱两鬓飞雪，那双眼睫毛向上翻卷的大眼睛神态依旧。只是，不再那么水汪汪了。

“娜娜！”我叫着。

娜娜像孩子似地笑起来：“太好了，你还能认出我，说明我不老。”

“你当然不老，还是那么漂亮！听说你在成人大学教书？多好的工作啊！怎么样，你家先生和孩子都好吗？”

“我家先生？哦，我早就找不到他了！”娜娜轻松地说，好像不关她的事。

“什么？”所有的目光都集中到她身上。

她神态平静地告诉我们，她老公原来在机关里当干部，几年前下海做生意，后来就关起手机玩失踪。有人看见他和一个女人在外地生活，而且都有了孩子。娜娜说，现在她自己和女儿过，就等着哪天他良心发现，回来和她办理离婚手续呢。

“我现在过得挺好，不想那么多。我发现家里少一人少一份操心，自己一人过更轻松呢。”娜娜依然像小时候那样，不愿意被现实困扰，只喜欢让思绪缠云而上，过一种率性的生活。不管那么多，不想那么多，爱谁谁！因此，她看上去也更年轻。

桌子旁边有个人站起来，向我伸出手。她的手苍白、细腻、憔悴、青筋暴露，诉说着主人不如意的岁月。

“米静！”她是在座里最走样的一个。那个高贵、冰冷、美丽的女孩子不见了，换成了一个两鬓飞霜、目光迷离、脸上肌肉有些下垂的中年女人。她穿着有些随便，脚上是一双灰色羊皮鞋，和棕色的半长麻布裙不太搭配。她的笑很不自然，好像怯于和别人交往，又好像要极力掩饰自己的局促。她家是不是遭了什么难？这样想着，说话就更加小心了。

“米静，你还在出版社工作吗？”

“换了一家杂志社，原来那个社亏损的厉害。”

“你好厉害，到咱们这岁数了还在做年轻人干的工作。”

她叹了口气，“没办法，要养家糊口啊。”

这可不是那个冷傲的公主该说的话。她的眼神闪烁，与别人对视时总是快速地回避，仿佛缺少安全感。后来听毛毛说，她老公原先是一家工厂的总工，因为患癌症早几年就退休了。她为老公治病花了不少钱，日子过得挺紧巴。儿子大学毕业后一直没找到什么像样儿的事做，去年在一家私人小公司做了一段，嫌整天累死累活地加班，挣钱又少，就辞职不干回家啃老了。米静这次肯来聚会，也是拉下脸想求郑小红帮忙，给儿子找个事业单位性质的稳定工作。

“我觉得好累。”米静私下对我说：“有时候真想一甩手，出家躲清静去。”我很理解她的心境。每个人的承受力不一样，如果放在娜娜身上，可能会过得轻松些。

“你也别太发愁了，各家都有难念的经。”我说。

大家很快摆脱了拘谨，渐渐地兴奋起来，大声说笑着，互相抢话说，到最后都不知道谁提问谁回答了。年轻的服务员拿着菜单推门进来几次，看我们兴奋过度的样子，只好又退了下去。

在柔和的橘黄色灯光下，大家看着各自红颜已老、青丝转眼成雪的光景，不由得唏嘘感叹。

直到餐厅打烊时分大家才起身离席。米静犹豫着，好像下了很大决心，很不自然地把郑小红拉到角落里，嘀嘀咕咕地说了半晌。看她双手抓住郑小红的胳膊，就像掉在河里的人抓住救命稻草一样。我看见郑小红的眼睛里飘过一丝倦意，声音很委婉地告诉她这件事情有些难办。是呀，小红又不是慈善家，一个毛毛儿子的事已经让她老公和一串官员担着责任了。

米静无力地垂下双手，嘴角上翘，勉强想摆出个笑模样，看得出，她很失望。看出了她的情绪，郑小红赶紧从挎在胳膊肘弯上的黑色皮包里掏出个小本子，认真地记下米静儿子的简单情况，并把自己的手机号码写给米静。她做事妥帖周全，善于察言观色，她老公的发达也许与她的深谙人情世故不无相关。

我还在感慨米静外表的变化。女人的容貌变迁来自她生活中的三个男人，父亲、丈夫和儿子。父亲给了她最初的气质，丈夫给了她岁月的滋养，儿子给了她幸福的光彩。其中任何一个出了纰漏都会毁灭她的容貌，催她苍老。

三十多年后的聚首让每个人心情激动。散席时已经是灯火阑珊，星月迷茫。她们几个坐上郑小红的汽车先走了，我独自站在公共汽车站上，望着汽车远去的灯影，想着——

千万别轻慢了你的邻家女孩儿，即使她拖着鼻涕，即使她一个星期不洗头，也不要嫌弃和轻蔑她。也许有一天，她会成为飞上枝头的凤凰，成为你命中的福星！

刁蛮公主

性格决定命运，这是我走过很长一段人生路之后笃信的老话。老话还说三岁看大七岁看老，我倒觉得未必。我在幼儿园时遇见一个叫玲玲的厉害主儿，抢吃夺喝，和别人发生争执时喜欢用尖尖的手指甲说话。我四岁那年就领教了她指甲的厉害，脸上的那道伤疤十多年后才真正消失。老师们都说这小女孩将来一定嫁不出去，哪个男孩子敢和这种女孩儿生活在一起？和她朝夕相处简直就像与虎同眠与狼共舞，说不定什么时候脸上就被抓出几条红道道。四十多年后我意外与玲玲邂逅，没想到她不仅把自己嫁了，而且把婚姻作为她生活的全部，让婚姻支撑起她的一生。

大约是2011年的秋天吧，我在上海参加某国化妆品进入中国召开的新闻发布会，会后的晚宴上忽然遇见个脸儿熟的旧人。开始怎么也没有想到，怎么也没敢想是儿时旧相识，因为对方贵为某国驻华总领事夫人。这个叫艾丽丝的女人用一条五彩斑斓华丽的丝绸长巾围住额头，两个大圆白金耳环上镶满了耀眼钻石，穿着质地上乘模样古怪的灰色裙袍，看上去像个吉普赛人。她的右手食指上戴着一个奇特的大金戒指，上面镶嵌着一只昂首翘尾、满身红宝石的金鹦鹉，嘴巴里还衔着一小粒珍珠，那珍珠随着她夸张的手势来回晃悠。她眼神犀利，眉毛画得像碳条，更显得神情高傲，一阵风似地与你擦肩而过，只盯着高官贵胄们用英语、法语攀谈，对其他人几乎不理不睬。

在她与一位女友大声的攀谈中，我意外听到当年机关家属大院的名字，她拍着女友的肩膀用地道的京腔说："北京皇亭子那一带我太熟悉了，我就是在那个大院里长大的。"

我下意识地回头观察她。拂去脸上岁月脂粉，去掉满身珠光宝气，我还是认出她不仅是中国人，而且曾经和我住在一个机关大院，又是我幼儿园的同窗——玲玲。

玲玲不断地同贵宾高谈阔论，我一时没有机会前去攀谈。一转眼她忽然消失得无影无踪了。我四下里寻找，才发现她躲在门外的角落里，两只手指夹着一支烟卷，背对着大厅仰头朝天大口地喷云吐雾。

"玲玲，是你吗？"我手举着一杯红酒，推门出去打招呼，衣着朴素的我，感觉在贵妇面前还算淡定。

"你谁呀？"她翻翻眼睛，毫不客气地问。

近距离地观察，竟发现她一脸老相，脸上的皮肤已经松弛，脂粉很难掩盖下眼袋，只能依稀辨认出年轻时是个美人，哎，真是岁月如刀，石头都会变老！

“我呀，在×××机关第二幼儿园，咱们一起呆过。”

只用了几秒钟的时间，她就睁大眼睛用手指着我：“佳佳！”

她真的应该记住我，我俩之间还有笔账没有算呢。这个当年厉害、刁蛮的家伙。

上世纪60年代初我四岁，赶上了“三年自然灾害”，农村里饿死不少人，城里人也忍受着营养不良的折磨。春天青黄不接，街道旁榆树的幼芽（又叫“榆钱”）早被周围居民捋光，掺在棒子面里贴饼子；槐树开花时地上根本见不到落英，都被大爷大妈扫起来蒸窝头吃了。即使在首都大机关里，人们也感受到饥饿的威胁。那时机关实行配给制，按级别分成肉蛋干部（每月配给一定的肉和鸡蛋，是级别较高的干部）和糖豆干部（每月配给一定量的白糖和大豆，属于普通干部），我父亲属于糖豆干部，全家一年也吃不上几次肉。不过再苦也不能苦孩子。在幼儿园里我们从不缺吃少喝，甚至早饭有咸鸭蛋，晚饭能吃到冬瓜丸子汤。每到过年过节，幼儿园还发给我们每人一小包点心，一个苹果或者两块带鱼，带回家去给父母“打牙祭”。回到家里，发现家人的晚饭仅仅是几碗棒子面稀粥和一小碟切成碎末的辣椒。听外婆说他们平常就吃些掺着榆钱的窝头，甚至还吃野菜，比如马齿苋、芦苇根、柳树叶，等等。

机关第二幼儿园设在西城区一条胡同的宅门院里，三进深的院落草木繁盛，青藤一族的绿色植物蜿蜒攀附在小楼外墙上。不清楚小楼的来龙去脉，我认为那里不会是老太监的大宅，更不是亲王府邸，看后院那座二层小楼的欧派架构，多半是民国后某位留过洋的高官私宅。

我喜欢小楼周围长满青苔的斑驳院墙，墙根处收藏了许多可爱的小生命——蚯蚓、七瓢虫、放屁虫、蜗牛，等等；我还记得在阴云密布时分站在院子里，跳起来扑打低飞的蜻蜓的情景，嘴里念叨着："蜻蜓飞得高，老鹰叼；蜻蜓飞得矮，没人逮！"下雨了，我和小朋友趴在二楼走廊的木栏前，遥望院子里水泥地上被骤雨激起的水泡，大家在风雨中一起用稚嫩的嗓音大声喊："下雨啦，冒泡啦，叔叔阿姨戴草帽啦！"

记得玲玲当时是个高个、健壮而漂亮的女孩儿，嘴巴厉害，力大过人，什么事情都喜欢抢先拔尖。在那个人人面带菜色、个个弱不禁风的年月，她的健硕实在出类拔萃。也许因为爸爸是个肉蛋干部，她在家从不缺肉吃吧。

玲玲厉害又刁蛮。我一生遇到过几个刁蛮女人，她的影子总能和这些人重合起来。她想做的事情一定要做成，"敢上九天揽月，敢下五洋捉鳖"，甚至敢和男孩子动手打架，敢硬抢别人的糖果饼干，生猛得很。

一次好友青青从家里带来一包糖豆，为了其中的两粒，玲玲差点儿和她闹出流血事件。那时糖豆是小孩子最喜欢的零食之一，把黄豆炒熟后在外表粘上白糖熬制的糖衣，装在一条半尺长的玻璃纸口袋里，吃的时候要从开口处倒出来。

我正和青青还有其他几个女孩子一起荡秋千。青青把一包糖豆分给玩伴们，大家你一个我一个，吃得很开心。当包里就剩下两粒糖豆时，玲玲闻讯赶来了。她喜欢吃零食，而且嗅觉极其灵敏，一如沙漠之狐。几乎所有带零食的孩子都像羚羊提防狮子一样提防着，怕她软磨硬泡地跟你要，更怕她生夺硬抢。

“青青，为什么不分给我！”玲玲伸出手，掌心平摊开来。

“就剩两个了，我还没吃呢。”青青一边说，一边把糖豆玻璃纸包藏在背后。

“我不信，你拿出来看看。”

青青只好拿给她看。

“还有两个呢，不给我就不行，谁让你分给她们吃的！”玲玲指着口袋。

青青把玻璃纸包口朝下，把两粒糖豆倒出来放在手里。玲玲刚要去拿，青青忽然把手里的糖豆都倒进嘴里，并用手捂住嘴巴。

这下惹恼了小母狮子。玲玲拉着青青离开秋千，一把把她推到墙根，用结实的身子抵住她，伸出两手去掰开她的嘴。她能耐真够大的，居然把青青的嘴掰开，还从里面掏出一颗糖豆，闪电般塞进自己的嘴巴里。她的尖指甲划伤了青青的嘴唇，青青被抓疼了，大哭起来，说：“我给你告老师去！”

玲玲把眼睛一瞪：“你敢！告诉你，我有四个哥哥，你小心点儿！”

“我有四个哥哥”，这是玲玲经常放在嘴边的咒语，也是她吓唬别人的有力武器。我们从没有见过她那可怕的四个哥哥，但是知道她父亲以前是部队首长，解放初期转业到大机关来的。据说她爸爸打仗特勇敢，至今身上还留着敌人的子弹头，是个天不怕地不怕的厉害主儿。老子英雄儿好汉，她脸上也总带着一副不怕死的样子。青青一听她提起四个哥哥便戛然止住哭声，玲玲则带着几分得意扬长而去。

我其实也挺怕玲玲的“四个哥哥”，但路见不平，喜欢拔刀相助——我实在瞧不上她那个霸道劲儿，她那狮子一般的尖指甲，已经让青青的嘴巴红肿起来了。于是我便冒死找老师打了“小报告”。

老师后来狠狠批评了玲玲，还把她家长请来。“找家长”是一种严厉惩罚，只要找了家长，回到家你的屁股准保遭殃。玲玲的爸爸是带兵打仗的将军，修理她肯定会毫不留情。

到周末我得到了精神表扬和物质奖励：获得了一个亮光纸做的红色五角星和一包水果糖（有四块）。尽管糖块儿粗糙，已经算是最高奖赏了。真是福兮祸所依，这一奖赏倒给自己招来了祸端。

在等待家长的空档，我情不自禁地拿出那包糖赏玩，结果招得几个孩子围拢过来吵着要尝尝。没办法，我只好小心拿出一块剥开外面蜡纸，捏着糖块给这个吃一口，那个咬一下，手指上沾满了口水。最后一口特狠，一下子将剩下的小半块糖悉数咬走，还咬到我的手指头。我疼得尖叫起来，抬头一看，是玲玲。

玲玲一双漂亮的眼睛吊起，透着蛮横的冷光，一只手伸到我鼻子下面："把糖都给我。"

"不给。这是老师奖励的。"我说。

"谁让你告老师的，让我回家挨揍，你必须赔我！"

"我不给。"

"告诉你，我有四个哥哥，让他们来揍你！"玲玲又拿出她的核武器。

"那也不给！"

玲玲不再和我废话，扑上来就抢。

眼看胜利果实不保，我只好展开自救了。教室有个旁门直通外面的走廊，我便抓紧糖纸包跑出去。谁知道玲玲紧追不舍，也随着我来到走廊上。

走廊的尽头没有出口，只有一堵砖墙。左边是走廊栏杆，这里是二楼，即使情急之中我也不可能跨栏跳下逼死自己。没出路了，只好往回走。那个家伙就堵在走廊中间，活像一口结实的大钟横亘在那里。我后悔让自己走进了死胡同，若是在战场上，肯定被这蛮子一口活吞了。

"把糖给我！"她伸出长着尖指甲的手，犹如在我眼前亮出利剑。

我把纸包藏在身后。

她扑过来就夺，我自然抵死反抗。玲玲个子高、身子骨强健、力气大，我们两个扭打成一团。

她忽然推开我，抬手用带着尖尖指甲的手在我的鼻子上抓了一把。我疼得尖叫一声，觉得热乎乎的液体流到嘴边，用手一摸，是鲜红的血，立刻大哭起来。玲玲知道惹祸了，有点儿慌，但依然狠狠地说："活该。"

我被彻底打败了，鼻梁和左眼下被她的指甲划了很长很深的一道，流了血。疼痛中手上的糖掉到地上，玲玲在惊慌中依然不忘捡起所有的糖才仓皇逃窜。

脸上的伤疤很难平复，在后来很长一段时间里，我每天早上醒来的第一件事就是问候镜子，看我脸上的那块伤疤是否变得浅些，结果，我在整个少女时期一直将其引以为丑，极大地削弱了自信心。

玲玲和我住在一个大院，流血冲突后，我每次在院子里见到她都绕道走。因为厉害刁蛮，她几乎没什么朋友，像森林里的狮子一样独往独来。小学毕业后她家搬出大院，我再也没有见过她。后来听毛毛说她插过队，进过工厂，又考上了语言大学。再后来就音讯全无。

此刻的玲玲——艾丽丝掐灭烟卷，从容地将打火机和烟盒放进她精致的镶水晶黑色手包里。我注意到她的手，指甲依然又长又尖，还涂着黑颜色，与嘴唇的颜色相互呼应。她先是两眼直勾勾地看着我鼻梁，之后，我们会心地笑起来。显然，她还记得从前的往事。

"你过得很不错么，嫁给老外，又成了高级外交官夫人回到中国。”我说，也许话里带着一丝酸意。

“嫁给老外，你不知道？当年为嫁老外我都扒了几层皮，连大狱都蹲过！”

的确，在上世纪80年代初，国内女孩子想要和外国人谈恋爱、结婚比登天还难。我依稀记得当年有篇文章报道过类似事件。一个在大学里教书的女孩子与同校一名外国留学生恋爱，男要娶女要嫁。女孩子的学校、家长都出来干涉，主管学校的上级机关也做了指示，好像说那个留学生是个特务什么的，这个女孩子还被拘留了一段时间。男留学生动用国内亲属进行解救工作，通过记者将此事告到本国政府，该国政府要员访华时提及此事，惊动了中央。最后在某位首长的干预下完美解决，成就了一段美满姻缘……难道，其中的主角就是玲玲？（别误会，虽然经历类似，但是玲玲可不是那个著名的自由画家李爽女士。）

此刻的艾丽丝略带风霜的脸上全是淡然，语气平静地说：“那都是以前的事了，我反正什么都做了，绝食、割腕、上吊，闹着要跳楼。”

“你父母呢，他们什么态度？”

“我后妈不管，老爸么，就差拿枪崩了我。”她又去手包里摸烟，看来烟瘾很大。

“你那四个哥哥呢？他们没护着你吗？”

“我哪来的四个哥哥！”她一愣，“我只有两个姐姐。”

看来她把以前的谎话忘得一干二净，我呢，也别旧事重提了。

她又准备进大厅去投入社交活动了，拍拍我的肩膀："知道吧，明年，2012年可是世界末日，我天天盼着呢。哈哈，是穷是富，高低贵贱，都会灰飞烟灭的。及时行乐吧！"说完，丢下我风一样闯进大厅，像泡沫一样消失在喧闹的人海里。

我对她的话有些丈二和尚摸不着头脑，不明白一个尽享人间荣华富贵的女人为什么天天盼着天塌地陷的世界末日。人都说富贵不归乡，如衣锦夜行，而她已经是贵妇还乡了，还有什么不满足呢。我实在不明白在她大大咧咧外表下隐秘而深藏的故事，印象里，这个世界上没什么让玲玲害怕的，也只有她这种性格的人才能在禁锢得铁桶般的时代独树一帜，敢于为爱冲破一切。

第二天，我忽然接到玲玲一个电话，说有事情要咨询我，还说正好家里有个party，让我去她家一趟。她同时邀请了长驻上海的一些亚洲国家的领事夫人，大部分都会中文。那天我赴宴之前虽然仔细地打扮了一番，还临时去商店买了条贼贵的zara新裙子，结果还是被玲玲不客气地笑为"穿戴像保姆"。她一副高傲的样子说，这个牌子在欧洲早已经大众化，只有服务员、售货员之类的才穿，在国内倒当作名牌来追捧了。

她称自己的官邸为"低调奢华"，一切家具都是前任留下的中式红木家具，许多精致摆设来自日本、印度、韩国、欧洲等地，最多的还是中国古董。落地玻璃窗外是绿荫婆娑的院子，椰子树、芭蕉树组成绿色屏障，三角梅盛开着靓丽的白色和红色花朵；绿草茵茵上摆放着白色铁艺小圆桌和两把舒适座椅，看得出他们夫妇很会享受。

我在一张小桌子上看到一个小相框，里面夹着一张旧报纸的剪报，上面刊登着一张他们家庭生活的小照：夫妇俩亲密依偎着坐在草地上。她丈夫有着罗马人的高鼻深眼，一副彬彬有礼的绅士派头；在他们身边有两个漂亮的混血小姑娘。我由此才知道她有两个女儿——真是个不折不扣的幸福家庭，完全可以做幸福生活的广告了。虽然看不懂报纸上的外文，我猜测一定是媒体访问后发表的文章，因为在那个时代，大陆女孩儿远嫁外国人绝对是条值得报道的新闻，更何况玲玲事件曾经在国内外搞得满城风雨。

眼下她的主要精力都放在与那些环佩绕身香艳四溢的夫人们寒暄，很少顾及我这里，我最后只在捧着盘子去取餐时见了她一面。餐桌上摆放着各种异域风情的食品：烤小牛排，水果布丁，各种奶酪……她指着白瓷盘子里放着的一大块肝酱说："这是我指导厨子做的，尝尝。"

"你日子过得很滋润么。"我一边用餐刀切着一边说。

"这算什么，跟你说吧，我这辈子真没白过。我们特想得开，也不存钱，什么好吃什么，哪里好玩就去哪。别看有些国家穷，你长驻了就会发现上流社会很会享受。反正我是活够了，现在就是死了也一点儿都不遗憾。"

我用叉子叉起一块肝酱抿了一口，"真好吃，是鹅肝酱吗？"

“鸡肝做的。”

“怎么做，教教我。”

“你？”她脸上立刻浮上几许轻蔑：“教给你也做不来呀，这里可是有文化积淀的。”

我脸上很挂不住，她话里话外不是在说我没文化么，我好歹也是在文化机构里工作了一辈子。倒是她虽然上过大学，在大学里教了几年书，但出国结婚后就一直做家庭妇女，伺候丈夫带孩子，真不知道胸中能有多少文化积淀放进她的鸡肝酱里。

她看着我悻悻的样子，赶紧打圆场说：“都快到世界末日了，你还费劲儿学它做什么。”我也勉强笑了笑。接着她把我拉到院子里的小椅子上坐下，没头没脑地问起国内养老金的事。

“你看，我离开中国之前在学校里教书干了三年，在郊区插队两年，还在工厂做了两年，难道就白干了，一点儿养老金都拿不到？”她又摸出了烟，点燃，深深吸了一口。

她的话让我顿时感到些许不舒服。你为这个国家贡献过什么，干了七年就想着拿养老金，算计的也太精了吧。我说：“我不太清楚，据我所知要拿社会保险的养老金必须交够15年的养老保险。你先生那么有钱，不在乎这点儿小钱吧。”

“我先生是有钱，别看我没工作，我的退休金都在他工资里。这方面欧洲比美国加拿大福利好得多，他们那边的人要干到65岁才能拿到养老钱。虽然如此，钱当然是多一点儿更好了。”

“我想不会有的，再说你已经不是中国籍了，肯定没有。”我的话很坚决。

她吐了口青烟，翻翻眼睛，“是这样，好，我知道了，你快去吃吧。”

我回到餐厅，越想她的话心里越不自在。她已经享福大半生了，也不能什么好处都占尽吧。因为觉得无趣，随便吃了些东西便很快离去。

回到酒店我给毛毛打了电话，告诉她去玲玲官邸赴宴，并且很鄙夷地提起她打听养老金的事。不想毛毛并没有大惊小怪，反而平静地分析其中缘由（毛毛真是个百事通，触角甚至都伸到外国领事馆去了）。听了她的话我才知道玲玲也有难处。她的两个女儿有程度不同的精神问题，一直治疗无效，发起脾气来家里的瓶瓶罐罐都被砸得稀烂。她先生早被孩子折磨得筋疲力尽，对家和家人十分冷淡。家里一切都是玲玲一个人对付，觉得力不从心，也受不了无休止的精神折磨。每当孩子精神病发作时，她“连死的心都有了”。无奈之下，他们夫妇只好把孩子扔在家里，找人去照顾，自己到国外躲清静。在欧洲请人一个月要6000多美元的保姆费，即使在国外拿高薪也让他们感到吃力。

“上帝真是公平的，”毛毛说：“他老人家不会把所有的福分都给一个人，所以咱们哪，也别过得太好了。”

我忽然觉得玲玲从高处不胜寒的云层里掉下来，变成了和我们一样的普通人。我好像有些理解她那无法克制的烟瘾，她那些盼望世界末日早日来到的奇怪言论，以及她急着打听养老金的缘由。

离开上海前我给玲玲发了封短信，没有说别的，只是祝她在中国一切顺心快乐。没想到她很快回复了我。短信有一百多字，仔仔细细地将鸡肝酱的做法写给我。看到里面的那些作料：迷迭香草、肉桂、培根、白兰地酒，等等，我有些头大，一时间忽然觉得自己的文化积淀确实差了点儿。

我眼前再次浮现出玲玲那略带沧桑的脸，似乎已经找不见当年刁蛮的模样。岁月荏苒，尖锐的个性总会被岁月潮水磨成鹅卵石，平静地躺在岸边。还好，玲玲依然活得风风火火、多姿多彩。这个世界的末日将会遥遥无期，性格强悍的她一定会摆平所有不幸，开心地走下去。

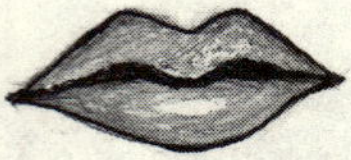

红颜烈女

“佳佳，我现在真的很想有个男人。”

听到这话从坐在对面的发小兼老同学嘴里说出，我“扑哧”地笑了出来。邹莎莎这个大美女，又是一家小型印刷厂的女老板，别的不敢说，男人是不缺的。

“你前夫不是想和你复合吗？”我喝了口凉凉的可乐，很爽。我感觉偶尔享受一下薯条、可乐这些垃圾食品，有一种离经叛道的惬意。这是一家位于中心闹市区的肯德鸡快餐店，通体的大玻璃窗外车水马龙，室内却充满着闲逸的雅致。在座的或是读书的学子，或是望着马路发呆的食客。我喜欢这样的环境，喜欢这一份纷扰中的宁静。

“复合个鬼，他已经和那个小三儿结婚了，说是那边怀了孩子，不得不结婚。真是伪善！我一直铁心不理他，这种男人我早看透了。”莎莎大嚼着蘸着番茄酱的薯条，吃相依然像小时候一样没遮没拦的。她如今也是四十多岁的人了，历经坎坷地创下一份事业，生活的艰辛却没在那张绽放着迷人光彩的脸上留下什么痕迹。看她肤如雪、眼似水，眼白竟然像孩子似地泛着淡蓝色，透露出湖水般的纯真无邪。

莎莎和我一起在机关家属大院里长大，我们都住红楼，但不是一个单元门。小时候她就是大院里出名的漂亮妞。记得有次过六一儿童节，她穿着一条白底红花的布拉吉连衣裙出门，头上戴着绿色蜡叶子做成的花冠，脖子上挂着红白色三圈叠套在一起的玻璃珠项链，宛如美丽的小公主。后来才知道，一家儿童杂志《小朋友》看上了她，那天专门给她拍了特写照，用这张照片做了封面。我还记得那期杂志，阳光下，莎莎在一丛鲜花中微笑着，很可爱，尽管笑得不太自然。自从莎莎妈妈去世后，她再也没有那种辉煌时刻了，衣服都是表姐们穿剩下的，不仅打着补丁还不合体。即使这样，也难掩她的丽质。在中学里，美貌而大大咧咧的性情让她一直很有男生缘，也是坏小子们打主意的对象。

她十年前就离了婚，前夫原是某家医院的大夫，高大英俊风流倜傥，绯闻绯事也从不间断。后来她实在无法忍受，一气之下带着女儿和他分道扬镳了。离婚后，她拿着分到自己名下的存款，托关系从银行贷款办起了一个印刷厂。头几年业务量猛增，顺风顺水的，让她赚了个满盆满钵。其实她身边不缺男人，手下有好几个小伙子，都挺仰慕她的。

我把吸管重新插进可乐听，隔着橙红色的小桌看着她渴望的眼睛，说:“还有那个小郭呢，他一直替你跑前跑后的，替你分忧，伺候得那么周到，现在像这样实心眼的男人哪里去找啊。”

小郭是莎莎的下属，个不高，是个结结实实的汉子。当初莎莎办工厂招聘的第一个职工就是比她小三岁的小郭。他好像也离了婚，似乎没孩子，现在和父母一起过。十年来，小郭全心全意帮她跑业务，对她倾心竭力，当司机又兼保镖，租房子搞装修，还捎带接送她孩子上学放学。总之，比老公还老公。可莎莎对他却总是一副看不上的样子。有时候我真想不通，他这么忠心耿耿地到底图什么？想打动莎莎的芳心吗？

“小郭？不行不行，没文化，也就是个初中生，给我打打下手还行。”

“你不过也就是个高中生么。说说吧，今天怎么有空找我？是不是又有什么艳遇了？不然也不会丢下工作找我来这里摆龙门阵。”我漫不经心地捏着一根薯条，在番茄酱里来回摆弄着。

“……你觉得项坚怎样？”

我一愣。项坚是我和莎莎的中学同学，那时实行就近入学，他虽然不是我们大院的，但因为住在学校附近，也进入了我们学校。他现在已经做到市里某局的副局长，年轻有为，据说是局长的热门人选。我们逢年过节总要聚一聚，他老婆也是公务员，儿子刚考进了重点大学，没听说他有离婚倾向。

“好好的，你怎么想起打他的主意？”

莎莎用纸擦着嘴角：“不知道吧，这一年他特照顾我，局里印刷的活儿多半给了我。以前在学校里不怎么了解，觉得他也就是个一般人，挺不起眼的，我知道他那时喜欢我，连班主任老师都知道，可我没感觉。现在么，觉得他这人真的很好，而且他私下里对我说他婚姻不幸福，他老婆脾气不好，管他管得特严。”

“呵呵，莎莎，你也是四十多岁的人了，怎么还会相信男人骗小女孩儿的这套把戏？”我嘲笑地说。

“是真的。我长着眼睛，看得出他说的是真话。瞧，我还带着给他设计的展会介绍册，一会儿要找他去商量呢。”

莎莎一把拉过她橙色的LV包，伸手进去翻腾。她还是那样不精于修饰打扮：头发有一缕被染成淡绿色，包包是古铜色的，与玫瑰色连衣裙和脚下蓝色缀着蝴蝶结的皮凉鞋毫不协调。有些女人因为天生丽质，反而对梳妆打扮不在行，记得每次见面都会发现她的服饰鞋帽不搭调，或者颜色犯冲。

莎莎在包里胡乱抓刨着，包里的东西放置得毫无规矩，口红、钱包、镜子、手机、资料等糅合在一起，像一团乱麻。她上学时就是这样，用过的书和作业本永远边角卷起，油渍斑斑，好像被吃过了一样；而且她一年到头好像都在丢东西找东西，真不知道今天是如何成功的。

好不容易，她从一团乱麻中把那份设计稿提拎出来，是四页铜版纸，设计还行，色彩不那么协调，有点儿像她平时的装束。

她看了一下腕表，“我下午和他约在他办公室见，三点到，还可以坐个把钟头。你还想喝点儿什么？”

她跑到台前又买了两杯冰咖啡、一盒鸡米花，风风火火地端回来。她从小就对朋友大方得出奇，自己的好东西随便送人，什么邮票、糖纸、纪念章，看见朋友喜欢，好，给你！手里只要有钱一定要为朋友买单。

此刻，我们两个四十多岁的中年妇女混在满堂年轻人堆里，大嚼着儿童食品，有一种令人说不出的惬意。

“莎莎，当心点儿，你从小就上男人的当，别再受骗了。”

“胡说，什么叫从小就上当，从多小？”

为了给我的观点提供佐证，我打开记忆的闸门，飞快地在里面搜寻着：“从幼儿园起你就上当，五岁的时候。记得吗？有个坏小子骗你，说你妈妈给你送来好多糖都被他吃了，后来你还和他打了一架。”

“……哈哈，记得，那小子姓周。那时候幼儿园翻修，咱们都睡在过道里。我的床就挨着那家伙。你别说，他装得特像，嘴里发出嘎吱嘎吱的声音，很像嚼硬糖，还往下咽呢。”

“后来你就去掰他的嘴，他就咬你的手，结果你俩就打成一团。老师气坏了，最后找了家长。”

莎莎冲我翻翻白眼：“你这家伙，记性这么好。”

“我还记得那年夏天的晚上，是咱们六岁时候吧，你被幼儿园一个大块儿头男生骗出去看电影。对，看的是《冰山上的来客》”

“别说了，想起来我就要犯病。”她夸张地捂住胸口。

“电影是在幼儿园附近的大食堂里放映的。”

“对对，那食堂里的菜物美价廉，5分钱就可以买一份肉丝炒蒜苗，晚上还经常放映电影，只要老师说‘晚上去大食堂’，咱们就高兴得找不着北。”

我和她一起沉浸在儿时幸福的回忆中。我们记起幼儿园三排白色的平房（那时机关幼儿园已从城里搬到家属大院），离它不远处就是像童话木屋一样的大食堂，门前还栽种着两大片美人蕉。因为那段日子准备考小学，虽然知道要放映新片《冰山上的来客》，但没有老师允许，大家只好望食堂兴叹。那个贼胆包天的大块儿头，居然带着莎莎躲过几个老师的耳目，溜到食堂去看电影。

那天很晚了，大块儿头和莎莎又溜回幼儿园，顺利地上床睡觉。半夜里，我忽然被一阵哭声吵醒，老师拉开了灯，看见莎莎裹着毛巾被正坐在床上哭泣。盘问了半天，她才断断续续地说出晚上溜出去看电影，被电影里的情景吓到了。

“我看过好几遍《冰山上的来客》，没什么可怕的呀。”我好奇地追问40年前的旧事。

“你不知道，有这么一个镜头：一班长和阿米尔在山洞旁冻僵了，他们手握钢枪直挺挺地站在山洞口，面部僵硬，一动也不动。太可怕了，我当时浑身冒冷汗，回来后怎么也睡不着觉，眼睛一闭，眼前就出现他们冻僵的脸。后来失眠了一个多月才好，到现在都不敢去想。”

“那镜头我记得，并不可怕。”

“很多人都不怕，只有我害怕。”莎莎喝了一口咖啡，“我后来想，可能是当时和那个大块儿头一起偷着去看，本来就提心吊胆的，所以……”

“我就说么，从小你就没心眼儿，净上男孩子的当。人家大块儿头一点儿事没有，吃亏的总是你。你就是经不起人家一两句好话，你那前夫，甜甜蜜蜜三言两语就把你骗到手，后来才知道是那么个花心大萝卜。我说，现在和项坚的事你也小心点儿吧。”

“项坚和我前夫不一样，人家是国家干部，正经有地位有才华，不会随便看上什么女人的。”她从包里掏出个紫色的绒盒子，打开给我看，是块名牌表。“送他的，拿得出手吧。”

“他帮你是应该的，用得着这么破费么。”我嘀咕着，眼前出现那个谨慎小心、多少有些吝啬的谢顶男人——项坚。每次同学聚会都少不了他，而且是永远的中心人物。大家喜欢拉上他不仅因为他内幕消息多，而且有本事把一桌子酒席钱统统拿回去报销。在我印象中，他几乎从不自掏腰包请客。那时私车不普遍，一起打车同路回家，看他总要小心翼翼地收起出租车票，准备拿回去报销。有时候要算计路程长短，还要向司机多要一张的票，真有点儿让人看不上。

中学里，项坚是个不起眼的人，成绩虽然不错，但因为个头不像现在这般高大，长相平平，并不招女生注意。那时的莎莎在班上很活跃，能唱会跳，在演出时常常担当领舞，属于那种女生妒忌男生喜欢的班花级人物。项坚给她递过小纸条，也护送她回过家。有一次全班去香山玩，回来后几个人在项坚家一起冲洗照片，在暗室里他一直拉着她的手不放。莎莎对此并没放在心上，却不知道让哪位多事的看见了报告给老师，结果项坚被班主任狠剋了一顿。

项坚大学毕业后进入某局工作，兢兢业业地从科员做起，后来平步青云，顺风顺水地做到这个位置。

时间差不多了，莎莎慌忙站起身准备走，又把桌子上的鸡块包装纸碰掉了。手忙脚乱了一阵，终于提拎着LV包出门了。看她那款如柳的细腰身和线条优美的体形，那呈大波浪状依然浓密的长发，真不相信已经是四十多岁的女人了。

有时候离婚女人像断了线的风筝，免不了受到风雨和鹰隼的攻击，也会受到各种诱惑，除非你意志坚强到足以掌控自己和环境。我望着莎莎穿过马路的背影，真担心她这样单纯的人会在波谲云诡的婚恋市场上人财两空、输得精光。

半个月后的一天，班主任许老师过70大寿，我们一帮同学跑去他家庆贺。那是一个初秋的午后，夕阳西斜时分我赶到老师家楼下，看见莎莎的白色富康车歪在那里，旁边有个人边抽烟边在车旁踱步。走近一看，是莎莎手下的小郭。

“你怎么不上楼去？”我问。

他憨厚地笑了笑，“不了，你们都是同学，我也说不上话。”

“那你就在这儿等着？”

“没事的，我反正没事，一会儿还要送莎莎去厂里呢。你快去吧，好多人都来了。”小郭掐灭烟，扔到地上又用脚踩了踩。他个头不高，很敦实，皮肤黝黑，属于那种扔在人堆里费半天劲儿也找不出来的平常人。

我没再劝他，径自上楼去了。

许老师还住在老式的宿舍楼里，没电梯。我走在有些老旧的楼梯上，暗自想着小郭与莎莎的事。听说前几年他们同居了一段时间，但莎莎就是不答应结婚。小郭从小在北京的胡同里长大，与在大院里长大的莎莎好像有着文化背景的隔阂。她说过，小郭就是个“胡同串子”，言外之意是嫌小郭生长在胡同里，身上有股子小市民气。

北京的“胡同文化”有几百年历史了，胡同里住的多是土生土长的北京人，几代人生活在四合院里，有着自己独特的邻里文化。而“大院文化”是解放后才兴起的，大院人来自五湖四海，有的家庭里父亲来自北方，母亲来自南方。孩子们的父母都在一个单位里共事，一天24小时抬头不见低头见。有人说这种居住方式起源于延安，解放后被带到各个城市，以北京最为集中。由于大院相对封闭、自成一体，大院里长大的孩子有着相同的价值观，与四合院长大的孩子并不一致。

上世纪末房改后，随着北京的大拆大建，胡同文化逐渐式微，大院文化也迅速解体。现如今大家的价值取向越来越趋同，想的都是如何赚钱过好日子。我想，即使莎莎和小郭的出身背景不同，也有可能走到一起。

许老师的家里早就人声喧闹、热闹非凡了。客厅里的长条桌子上铺着崭新的绣花桌布，摆满了西式点心、沙拉、香肠、扒鸡、葡萄酒、饮料、水果，等等，据说都是莎莎和小郭俩人张罗的。客厅和两间卧室里到处站满了昔日的同学旧友，有的一眼就叫出名字，有的模样变化太大，还要猜一会儿。大家互相问候着，边吃边聊，听不清楚谁在提问谁在回答。

许老师头发全白了，依然精神矍铄，和师母一起里里外外张罗着，看样子很兴奋。

这套两室一厅的房子是东西朝向，更显得西窗那边晶光明亮。窗边有两个人正在热烈地攀谈着，被夕辉勾勒成一对黑色剪影。走近一看，是项坚和莎莎。

“嘿，你们两个家伙躲到这里来了。”我走过去，说：“莎莎，你就把小郭扔在楼下不管？”

“不用管他，”莎莎大大咧咧地挥挥手，“他愿意。”

她今天打扮得格外漂亮，穿一件橙红色纱皱的短袖衫，低开的领口处缀着蕾丝花边，下身是黑色长裙，波浪状的长发盖住了双肩。难得看见她穿得这么入时而且色彩搭配得当。难能可贵的是，当同龄的女人都在用脂粉为自己掩盖岁月痕迹时，她却依然清水芙蓉、素面朝天。时间对青春的刻薄不是紫钗红粉能掩饰的，只有心灵年轻的人才能与时间抗衡、让青春长驻。

“你可真是福气呀，身边有小郭这么忠心的男人。”我说。

莎莎得意地说:“我现在是大撒把，有他替我管理工厂、替我拉活管账，我清静多了。”

许老师走了过来，“莎莎，你也太不像话了，快把小郭叫上来。”

“叫他干吗，他和咱们又没话说。哎呀，老师，您累不累呀，还操心管他的事情。”莎莎半撒娇地说，在学校里，她一直是许老师最喜欢的学生之一，尽管学习不怎么样，但实诚没心眼儿、活泼可爱。莎莎妈妈去世早，许师母很疼她，一到冬天总要织条毛围脖或者手套什么的送她。她呢，一直拿老师夫妇当亲人看。

我们说话时，项坚一直端着一只高脚玻璃酒杯微笑地听着，也不插话，官场上的历练使他更稳重了，像个魅力十足的熟男。

回到客厅的餐桌前，莎莎拍了拍手:“大家安静，安静啦！哈哈，今天我要破一宗千年迷案。谁能告诉我，当年是谁把我和项坚告发了？”

大家先是吃了一惊，继而哄堂大笑起来。原来她说的是那年去香山秋游，回来后几个同学在项坚家冲洗照片的事。当时不知道哪位多事的同学把他俩拉手的事报告了许老师。莎莎如果不说，许多同学还不知道这一陈年旧案，她一咋呼，倒引起更多人的好奇。

莎莎指着众人，说:“你们要是不自首，老师可要说了。许老师，您还记得是谁吧？是徐红吗？”

梳着齐耳短发戴着眼镜的徐红正捧着纸盘子，一手拿着叉子低头吃沙拉，听见莎莎点她的名尖叫起来："讨厌，我才不干那种告密的事呢。"

"佳佳，是你吧？"

"去你的，"我给了莎莎一拳头，"别诬赖好人。"

莎莎走到许老师身边，搂着他的肩膀撒娇地说："许老师，您就告诉我吧，小声说，别让他们听见。"

老师嗔怪地瞥了她一眼："你这丫头，还那么淘气，我不记得了。"

徐红用纸巾擦擦嘴说："完了，老师不肯说，又成悬案了。不管怎么样，你们那时……啊，我不说了，大家都明白，哈哈！"

她的话又引来一片笑声。看得出，莎莎对这种猜度十分兴奋，项坚也抿着嘴，一副很享受的样子。

一个女生坏坏地问："项坚，你拉着人家的手不放，当时什么感觉？"

项坚一笑，"感觉么，就是左手拉右手呗。"

屋子里的人全都哄笑起来。

天黑时分，十几个人才说说笑笑地离开老师家。出了单元门，看见小郭坐在白色富康的驾驶座上，也许因为等待的时间过长，竟然睡着了。

这情景，让许老师和我们又狠剋了莎莎一顿，说她使唤人不当回事。还是被惊醒的小郭替她解了围，摆着手说："许老师，没什么，我就是有点儿困了。”

莎莎把打包的面包和香肠递给他：“等这么半天，饿了吧。”

“没事的。”小郭看见我们憨厚地笑笑，等莎莎在后面坐稳，便发动了汽车。

大家向他们挥挥手。秋风赶走了夏日的暑热，送来缕缕爽意。借着楼上窗户的灯光，我瞥见项坚一脸平静，无动于衷地目送着莎莎远去的车影。这男人心思缜密，也很神秘，谁也不知道他那颗聪慧的头脑里在想些什么。

过了两个月，莎莎打电话向我咨询出国办手续的事，说是要去日本考察，还说项坚也去。我很奇怪，他们的业务并不搭界呀。莎莎说，是她自己出钱请项坚去的，以他的身份可以提升她这次考察的性质。

“那边的住宿费可贵了，”我说，“东京的星级宾馆一晚上要几百美元。”

她叹了口气：“人家是官员，总要住得体面吧。哎，光他一个人的旅费我就要掏五六万元，为这事儿小郭跟我吵了好几架。”

“小郭做得对，”我说，“这些钱干点儿什么不好。你手下还有十来个职工呢。”

莎莎在电话里抱怨说：“小郭老是说工厂没赚钱，我就不信了，今年有那么多订单，就我们这点儿差旅费都凑不出来？谁是老板？是我说了算还是他说了算？”

“人家也是为了工厂好么。”

“我这也是为了工厂好，我要拉关系才能找到大客户呀。”

“算了吧，我还不知道，你是想借机俩人去旅游，感受一下私奔的快乐吧！”

她在电话那头一边说要撕我的嘴，一边没心没肺地笑着。

没多久，莎莎的日本之旅成行了。她带着手提电脑，不断把他们在那边的活动照片发给我，可以看出他们玩得很痛快。俩人时而在东京的银座品尝咖啡，时而在京都的寺院里参观游览；在大阪的餐馆里，莎莎举着偌大的螃蟹爪和项坚合影；在蒸汽朦胧的温泉里，看她在水光中笑意盎然地沉浮着。在莎莎，这美好的幸福时光是用血汗钱换来的，而对于项坚，是手到擒来、不费吹灰之力。

看着那些照片我一边思忖着，看样子莎莎真的是爱上了，可却是剃头挑子一头热。四十多岁的女人一旦爱起来更热烈、更痴情，难怪被形容成老房子着火。可怜她一直脑子进水，坚定地相信项坚最终会和她走到一起。而项坚，事业正如日中天，一切尽在掌握，好像一头强大的狮子，轻松地将猎物玩弄于股掌之上。

从日本回国后，莎莎有很长一段时间没有和我联系。我也没多想，她有一个工厂、有十几个职工，一天到晚拳打脚踢忙得很，就算有小郭帮忙，她这个当老板的也清闲不了。

半年后，我在一家商场与徐红邂逅，俩人聊了几句，她忽然问我：“你知道吗？现在莎莎穷得连饭都吃不上。”

“什么什么？”我当时一定把眼睛瞪得有铜铃大。

“这家伙太傻，太缺心眼儿了。”徐红把我拽到一边，将她采购的一大包货物放在脚下，说：“那个小郭，你记得吗？”

“当然，他对她很好，忠心耿耿的。”

“那是表面装孙子，其实他早几年就注册了自己的公司，他总说工厂不盈利，年年亏损，实际上暗地里把利润都转到他公司的账上了。莎莎一直都蒙在鼓里，还傻乎乎地让他管账，什么都交给他做。好啦，他把利润全转走了，给莎莎留了一屁股债。”

“不可能，他看着挺老实的。”

“现在这社会，什么鸟儿没有。”

我不相信地问：“那莎莎的工厂就算完了？原先有几百万资产呢。”

“还资产呢，她现在背了一百多万元的债。”

“天哪，她可怎么办呀？”

“那些讨债的天天堵她的门，没办法，她只好把房子和车都卖了还债，现在和女儿租了一间地下室住。项坚帮她找了份临时工，就是帮助布置一下展览会什么的，有活儿就干，没活儿就散。她说有时候一天只吃两包方便面，吃了上顿没下顿的。”

我觉得鼻子发酸，心想，好在项坚还有良心帮忙，要不然莎莎更苦了。我问：“她女儿呢？”

“那孩子特懂事，大专毕业后本来要续本，见她妈这样，干脆不学了，自己找了份在实验室做助理实验员的工作，挣点儿钱接济她妈。”

“那……咱们得为她做点儿什么吧。要不后天，约她出来吃饭，捐些钱给她吧。”

徐红提起她的货包准备离开，“好，就这样说定了。”

徐红走后，我感觉仿佛做了一场梦。知道世事难料，也不能如此无常啊！我还是不相信小郭就是坏蛋，他一定是太爱莎莎了。也许是莎莎和项坚的关系刺激了他，让他做出了不理智的选择。美好的东西，得不到，便毁灭她。

周末，我找了个僻静的小菜馆，约徐红和莎莎见面。我和徐红准时到达了那间不大的雅间，莎莎却一直没露面。我思忖着，不知道经历这场劫难她变成什么样子，会不会像烈日下的花草一样焦黄枯萎了。

“她认识这里吗？”徐红拿出手机准备打给莎莎。

“我把地址发在她手机上了，她又不傻。”我说。

正说着，门被“通”地一声被推开了，莎莎跳了进来。她一头波浪形的长发消失了，削剪成了男孩子一样的短发；身上穿着棉布质地的银灰色连衣长裙，可能是忘了系腰带，皱巴巴的像个睡袍，脚上是一双黑色凉拖鞋。她依然不施脂粉，只是脸上失去了往日的光泽，眼睛也有些浑浊了，像是刚从床上爬起来似的睡眼惺忪。

“莎莎，你变样了。”我小心翼翼地选择着字眼。

“变了？大便（变）还是小便（变）？”她嬉皮笑脸地说。

“你可真是，都这样了还有心开玩笑。”徐红一脸沉重地说。

“咳，总得活下去吧。”她一屁股坐到椅子上。

菜一盘盘地被服务员端上来，她先动了筷子，边吃边对我们细讲内情。

看来，那个小郭还真是个有心计的人，一切尽在掌握，事事早有准备。直到后来莎莎才知道他和老婆并没有离婚，有个女儿已经上中学了。莎莎做人太粗心，竟然连这都看不出来，整个一个糊涂虫。

莎莎为了夺回自己的财产请了律师，到法院去告他。可惜证据不足，工厂账面上查不出问题，官司不好打。后来，小郭竟凶狠地拿着刀逼她去法院撤诉，吓得她到处躲藏。小郭很有能量，找不到她人，就雇人洗劫了她的家。莎莎在万般无奈下只好撤诉，自己吞下了这颗苦果。

小郭的行径打碎了我原先的猜测，他根本就不是为爱发狂，而是利欲熏心。我甚至一度怀疑，在这个物欲横流的世界上，人世间还有没有爱情，有没有那种阳光下人类最美好的感情。

我叹了口气：“真是没想到，他在背后搞了那么多阴谋，真是知人知面不知心啊。莎莎，你也快奔50了，今后打算怎么办呢？”

莎莎大口吞咽着饭菜，看上去很饿的样子，“我还挺庆幸的，我闺女特懂事，帮我养家。当然，我自己也要做事，再有两年，我的养老保险就交够15年了，到那时，我就可以拿退休金了。”

“这两年你没工作，拿什么交呀？”

“干点儿零活呗，人家项坚挺帮忙，帮我找了份临时工。我想好了，就是去卖菜、摆摊、做外卖，只要能挣够钱交齐这两年的保险就行。”她的眼睛里有什么东西在闪烁，那是希望的光芒。我相信，只要这光芒不灭，她就能从废墟中爬起来。

“你心态真好。”我说。

“嗨，人生是什么，就是一种体验过程。那些身外之物生不带来死不带去，丢了没什么了不起。”一时间，莎莎变成了哲学家。

结账时，莎莎又像往常一样，挥着手说：“我来我来！”可当她一摸身上的钱包时，仿佛忽然明白了什么，眼泪潸然而下。

“佳佳……小郭拿刀子追我的时候，我都要发疯了。他平时是那么亲切的一个人，那么照顾我，转眼间变成了一头凶恶的大灰狼。就像小时候看《冰山上的来客》一样，那场面让我恐惧，我害怕极了，夜里披着被子坐在床上，整夜地哭。我现在什么都没了，工厂、房子、车子，那都是我辛辛苦苦积攒下来的，是用血汗换来的……呜呜……”

莎莎趴在桌子上，身子随着抽泣起伏着。我走过去轻轻拍拍她的肩膀：“莎莎，都过去了，就当是一次教训吧。来，这点儿钱解决不了什么问题，只是我和徐红的一点儿心意，拿着吧。”

我和徐红各自拿出五百元，塞到她手中。

她抬起头，一抹眼泪，不好意思地说：“瞧，我说不哭又哭了。谢谢，你们也不富裕呀。”

她攥着那一千块钱，眼睛直勾勾地盯着它们，说：“我其实真的不甘心，我还有很多梦。我昨天还想着求项坚帮着贷点儿款，注册个广告公司。我要振作起来，干大事业。我的事你们千万别告诉许老师，等我东山再起了，我自然会和他们说去。”

我们答应了。

接着，她又眉飞色舞地大侃起她的宏伟蓝图。她的脸颊逐渐恢复了红晕，灿若明霞，孩童一般的眼睛仿佛澄蓝的夜空里闪亮的星。她让我想起了美国电影《飘》里的郝思嘉，在失去孩子、丈夫和财富之后，从楼梯上爬起来，目光坚定地说的那句名言，那句话许多年来一直鼓舞着世界上遭遇不幸的人们：

“明天，太阳还会升起来！”

糖葫芦的故事

一个人最难的是了解自己，谁也不知道自己潜藏着何种天赋。小时候对许多事情都好奇、都感兴趣，可我们的教育体制喜欢整齐划一、削高填低，消灭一切离经叛道的歪念头怪想法，使大家都成了规规矩矩的一介书生。也许我在后来的人生里有机会当个金融家或者成功商人，不过在小学里我的赚钱行动刚刚露头就被老师给消灭了。

1964年我8岁，那年我第一次明白了钞票的作用，知道用钱可以换来自己喜欢的小零食。

我的小学位于西城区大木仓胡同，放学后需要走路或者乘车到西单倒乘大1路回家，我时常顺道去西单十字路口西北角的食品店去“观摩”。那家食品店虽然只有200平方米，却是孩子们心中的“圣殿”。附近学校的小学生放学后都要结伴去那里“朝圣”一番。如今这家食品店已被拆掉，取而代之的是恢宏壮丽而又冷冰冰的中国银行总部大厦。

推开食品店的大门，一长溜玻璃柜台展现眼前，里面放着许多可爱的小零食：2分半一个古铜色栗子面小窝头，5分钱可以买两个；5分钱一长袋的彩色糖豆、2分钱一根的粉笔糖、2分钱一袋大米花，还有粘牙的麦芽糖、三角形的粽子糖，等等，让人垂涎。孩子们三三两两地趴在柜台上欣赏着，不断咽口水。柜台的另一边放着各种糕点，香喷喷的蛋糕、脆生生的江米条和撒着瓜子仁和青红丝的萨其马是常备点心，到了中秋节可以见到包着冰糖块儿的自来红和自来白月饼，都是传统糕点。售货员熟练地用刻着星星点点的杆秤称好点心，整齐地码放在一大张浅棕色的草纸上包好，抽出柜台下的纸绳子捆扎起来。

一天放学后我照例走进食品店，迎面遇见班上的两个男生，都是年级里出名的闹将。一个姓胡，大块头，大脑袋，眉眼漆黑如墨，让人想起梁山泊好汉李逵；另一个姓钟，小白脸，尖下巴，一副小师爷模样。他是大胡的狗头军师，鬼点子多，出了坏主意就撺掇大胡去实践。

小钟看见我，夸张地招手说：“嘿，佳佳，你过来，看我给你变戏法！”

说完，他跑到食品店新开的一个高高的窗口前，踮起脚举起手，说：“阿姨，要一根糖葫芦。”不一会儿，从窗口里伸出一只手递给他一根糖葫芦。小钟神气地高举着糖葫芦离开窗口，看他手上，5个大山里红串在一根竹签子上，周身粘裹着晶莹闪亮的琥珀色糖稀，看着让人眼馋。在我面前，他和大胡你一口、我一个地吃起来。小钟一边吃还拿着小眼睛神气地瞟着我。

我很好奇，窗口里的阿姨凭什么给他糖葫芦吃？难道阿姨认识他？还是他爸爸事先给他订好的糖葫芦？我知道小钟的爸爸是个级别挺高的大官儿，难道他也管着西单食品店？

“小钟，那个阿姨为什么给你糖葫芦？”

“因为我给了她5分钱啊。”

“钱可以换糖葫芦吗？”

“当然，钱就是用来换好吃的。”

“你哪儿来的钱？”我问。

“这是个秘密！”小钟的嘴角上还粘着糖稀，他和大胡一起坏笑起来。

5分钱就能换来一个大串糖葫芦！看来，钱是个好东西。

现在的年轻人可能想像不到，那时许多人对金钱几乎没什么概念，因为社会实行供给制，用到钱的地方并不多：住房是国家分配；家具由单位配给；看病在单位报销；孩子从幼儿园到大学教育全部免费。我们上学连课本都是学校发的，只有购买铅笔练习本时需要向家长要钱。家长基本不给孩子零花钱，我到了8岁才知道钱可以买糖葫芦。不过我知道老妈特别看重钱，因为外婆和奶奶没工作，都要靠她和爸爸赡养。

那天回到家，我向爸妈要钱买糖葫芦，立刻遭到拒绝。妈妈说，小孩子不能在身上带钱，而且外婆生病要住院，没有多余的钱给我买零食。于是，我决定自己找钱。

为了找钱，我带着妹妹爬遍家里的每张床底下，用笤帚清扫里面的边边角角，期望能发现大人穿衣服时从口袋里滚落出来的硬币，结果是两手空空，碰一鼻子灰爬出来。那时肉店里的排骨或大棒骨比猪肉便宜很多，老妈经常买来炖汤吃。吃完后把骨头收起来，晾干，卖给收废品的（他们再卖给饲料站，拿去压成骨粉喂猪）。通常一公斤大棒骨可以卖2分钱，一公斤排骨头可卖5分钱。骨头沉，废品站也不近，我总是抢着去帮忙，妈妈也乐得给我一两分钱的跑腿费。

我偶然又发了一笔小财。住在我家楼下郑小红的妈妈长期瘫痪在家，全家生活只靠她爸一个人的工资，生活困难。机关家属大院的居委会为了帮助院里的困难户，从周围的工厂里揽些活计，分发给一些没有工作的家属做。她妈妈要了些糊火柴盒的活计，坐在床上就可以干。每糊一个火柴盒可得2分钱。

老师要求我们每周都要做好事，我就去她家帮助糊火柴盒。开始总糊不好，要么草纸叠得不合格，要么糨糊抹得太多。后来干得多了才逐渐成了熟练工。到了月底，小红妈从家委会得到一笔钱，要小红交给我一毛钱硬币，并感谢我常去帮忙。

后来我又多了一条攒钱途径。我家离学校远，每天早上6点多钟就要爬起来洗漱，往往来不及吃早饭，出门时总是匆匆带上几块馒头片，就着凉风边走边吃，遇到要追赶汽车时塞满嘴巴拼命奔跑。久而久之我得了胃病，吃了不少药才平复。父母便决定每天给我一毛钱二两粮票让我在西单倒车时吃早餐。

那时西单烤肉宛斜对面有一家早点铺，每天上班时间人满为患。因为粮食是定量的，饭馆相对少，早点铺更是屈指可数。从我记事起就知道在外面饭馆吃饭都要交粮票，那家早点铺柜台上方的小黑板用粉笔写着早点价格，还要注明交粮票的数量：油饼2分一个，外加1两粮票；糖饼5分，1两粮票。焦圈3分一个，还有5分钱的芝麻烧饼，2两粮票；豆浆2分一碗，糖浆3分钱。豆浆香浓，油饼清脆，焦圈可人，一毛钱既可以果腹也可以解馋，不过为了攒钱我还是咽下口水过门不入，隔两三天才肯进去打一次牙祭。轮到那一天我总是比平时出门早，怀揣着朝圣般的心情在早点铺排队，买了豆浆油饼后放到桌子上仔细品味。有一次吃得过于投入，临走时书包落下了都没发觉。快到学校门口发现书包不翼而飞，吓得魂飞魄散，急忙循着原路寻找。到了早点铺说明缘由，一个穿白围裙的老师傅不慌不忙地从柜台下面拿出书包，开玩笑地对我说：“小朋友，当学生丢了书包就像做官丢了印，当兵丢了枪，以后可得留神了。”

我把积攒下的硬币都装进一个黑色的底片胶卷盒里，一共攒了三毛八分硬币，我只买过一根糖葫芦，就没舍得再花。在我眼里那些银色硬币似乎比糖葫芦更具吸引力。每次拿起小黑盒一摇，硬币相互碰撞发出的“哗啦”声比钢琴曲还悦耳。

装着硬币的胶卷盒成了我的“月光宝盒”，甚至课间几分钟都要偷偷打开欣赏，或者把盒子拿到耳边，听听里面哗啦哗啦的“交响曲”。这情景被坐在不远处的小钟看见了，他鬼主意特多，变着方儿地想拉我下水。

一天，小钟走过来悄悄问我：“哎，佳佳，我告诉你一个秘密。知道我们为什么总能买糖葫芦吃吗？”

“不知道。”

“那些钱是我和大胡挣的。你信不信。”

“不信，你们又不上班，怎么挣钱？”我说。

大胡走过来，搂着小钟的肩膀说：“别瞧不起人，我们挣好多钱了。”

“怎么挣的？”

“三班的大头你知道吗？就是那个留级生。你给他猴皮筋他就能给你钱。”

“他要猴皮筋干什么？”

“卖呀。没看见那么多女生都跳皮筋么。”小钟压低嗓音说：“你就把家里奶瓶上的皮筋给我就行，五根猴皮筋换一分钱。要是牛皮筋的话三根就可以换一分钱。”

我算了算，用25根皮筋就可以买一串糖葫芦。再说这又没什么不好，不偷不抢的，应当是正当的事情吧。家里本来就攒着很多猴皮筋，是我准备连接起来跳皮筋用的。

第一笔买卖很快做成了，我的第一桶金是用30根猴皮筋换了6分钱硬币。我很兴奋，照这个速度，很快就能积攒好多钱，除了买糖葫芦和栗子面的小窝头，还能帮助妈妈让外婆住院看病呢。

家中的猴皮筋很快告罄，我便动用自己的人事关系进行征集。记得好友青青帮我找了5根，郑小红送给我2根，毛毛给了我3根，还是牛皮筋。

班上有个女孩子叫张小洁，是我们学习小组的，也是个热心肠。她知道我需要猴皮筋，一下子帮我找来了十几根，也不问问我要那么多做什么。我不好意思白要她的东西，就把自己攒下的玻璃糖纸送给她一半。

那时候女孩子时兴攒糖纸，把剥下的玻璃糖纸放进水里洗净，平铺在玻璃板上，待糖纸干燥后小心揭下来夹在书中。耐心等几日后拿出来平放在手心里，糖纸遇热会卷起来，形成一个卷，有的甚至可以在手上来回翻滚，这叫“活”，越平整的玻璃糖纸卷得越厉害，越“活”。在课间休息时，女生们最喜欢聚在一起拿出糖纸比试，谁手里“活”的糖纸多，谁就受到羡慕和尊敬。

张小洁长得很可爱，圆圆脸、大大眼睛、鼓鼓腮帮子和一张红红的小嘴，爱说话，甚至有点儿碎嘴唠叨。她家就住在学校附近的胡同里，特别喜欢拉同学去家里玩。我和小洁是一个课外小组的，经常去她家做作业。

推开胡同深处的朱漆大门，可以看见院子里种的两棵歪脖子枣树结出了枣核大小青色的小枣。下雨后院子里总有积水，水深处还要垫几块砖头才能不湿鞋袜。她和二姐住在只有8平米的东厢房，里面除了两张床还有一个带抽屉的旧柜子。门槛已经磨没了红漆，地上铺着陈年老砖，凹凸不平的，差点儿绊了我一个跟头。她妈妈喜欢泡红茶菌喝，北厢房的窗台上总是放一个大瓶子，里面泡着一种棕红色的菌膜，把水染成棕红色，喝起来酸酸甜甜的。小洁知道我喜欢喝，每次去她家都给我倒上一大杯。

我们班几乎一半同学住在学校附近胡同里，对于自小生活在机关大院的我来说四合院里的生活很陌生。大院文化与胡同文化不一样，大院居民来自五湖四海，孩子们多是外地人的后代；大院对于成年人来说并非停泊的港湾，即使回到家，同事之间仍然处于互相监督之下，家事也能成为把柄而拿到单位里说事，所以邻里之间相互防备。四合院里的住户一般都是老北京人，如果是私宅，院里住的基本是五服以内的血亲，在那里生活了好几代；解放后搬入四合院的住户虽然没有血缘关系，但是住得久了，都像一家人一样。四合院里的孩子更淳朴热情，就像小洁那样热情好客，喜欢把你往家里拉，什么好吃的都愿意和你分享。

小洁得到我的玻璃糖纸像过年一样高兴，每一张她都要小心地放在手心里，对着光线检验它的卷曲度。

“这个糖纸真活，你看呀看呀，它都能翻卷过去。”小洁说：“哎呀呀，你怎么有这么多糖纸，你吃了多少糖啊！”

“有好多张糖纸是堂姐送给我的。”我说。

“哎，我要有这样的堂姐就好了！”她叹了口气。

那天放学后张小洁又邀请我去她家玩，说好再帮我找些猴皮筋。她把那些糖纸视为宝物，从妈妈房间里找来一本新书，小心地把糖纸一张张地夹在里面，然后说:“你等着，我再去给你找点儿猴皮筋。”

她出门后，走到北屋敲敲玻璃窗:“十二奶奶，你家还有猴皮筋吗？”

屋子里传来老太太的声音:“是小洁呀，昨天不是刚给你两根吗？”

“您不是订奶了吗？今天的奶都来了，我看见张大爷他家门口放着奶瓶呢。您先把皮筋拿下来给我，我同学还在屋里等着呢。”

然后她又走到西屋，推开门问:“张大爷，我把奶瓶给您放到桌子上了，上面的皮筋给我好吗？”

“拿去吧，没事的。”屋子里传来一个老者的声音。

她这样挨家挨户地找，不一会儿拿着5根猴皮筋兴奋地跑回来，夕阳在她的脸上跳跃，她的眼睛里满是灿烂的笑，那笑像甘甜的清水一样流进脸颊两个好看的酒窝里。

我带着5根猴皮筋和小洁的盛情高兴地离开她的家。

后来我用50根皮筋和小钟换了1毛钱，加上从家里柜子、床下拣到的硬币和吃早点节省下的，大约积攒了5毛钱。我计划等攒够1元钱就存银行，一年就可以有5分钱利息时，光用利息就可以买一根糖葫芦了。正憧憬着美好“钱”景，不料“东窗事发”。

那天，班主任陈老师组织我们去天安门广场历史博物馆参观，参观完毕排队走下高台阶时，老师催促大家快跑几步赶班车。我也和别人一样跑起来，谁知道裤袋里的胶卷盒耐不住寂寞蹦出来掉到地上，哗啦啦，硬币撒了一地。

陈老师回头看见后很生气，虽然没说什么，却用严厉的眼神瞪着我。从一年级到二年级，我一直是三好生班干部、老师的得力助手，现在看到她这样的眼神我心里直发毛。其他同学都跑过来看热闹，张小洁赶紧蹲下来一个个帮我拣钱，一边往我手里塞，一边小声说:“快放好吧，老师生气了。”我当时尴尬极了。

老师一定听到了什么风声，第二天就提审了大胡和小钟。那两个坏小子自然把坏事往我身上推，小钟说:“是佳佳想挣钱买糖葫芦，就让我们帮她去和大头换钱。”

“真是这样吗？”老师怀疑地问。

大胡说:“是真的。”

小钟加油添醋地说:“佳佳是中队长，班干部交代的事，我们不敢不做啊。”

该着我倒霉，三班那个大头因倒卖猴皮筋牟取暴利被告发，受到学校领导严厉批评。后来我才知道他是1分钱1根猴皮筋卖给女生的，而市面上1分钱可以买3根猴皮筋。我猜想大胡和小钟也不是善主儿，一定从中牟利了。果然，他们用我的那些猴皮筋从中赚了两副弹弓和5个玻璃弹球。而我呢，稀里糊涂地加入了“犯罪团伙”，仅仅因为嘴馋糖葫芦。

过了两天，老师把我叫到学校的一间空屋子里。记得那是学校里院的一间南房，十几平米，原来是阅览室，刚腾出来挪作他用，里面只有一张旧八仙桌和几条嘎吱作响的长凳。

老师对我的所作所为进行了严厉批评，皱着眉头说：“你是好孩子，怎么和落后同学搅和在一起？我是从旧社会过来的，我知道钱不是个好东西。你这么小就想着赚钱，将来会稀里糊涂地犯罪啊！”

我当时觉得脑袋里嗡嗡作响，老师的口气让我感觉自己像个诈骗犯，与黑社会勾结的坏分子，羞耻和犯罪感让我哭红了双眼。好在我一直是陈老师的红人，她也不忍心把我一捋到底，只是把我降级使用，从中队长降到中队委，主抓文艺体育。

我发誓再也不攒钱、不爱钱、不沾钱了。当着老师我痛哭流涕，咬牙发誓要改邪归正。我把胶卷盒里的硬币都拿出来分几次买了10根糖葫芦，自己吃也请同学们吃。当然我是不会请大胡和小钟那两个坏蛋的。那天放学后，我还专门给张小洁买了一大串糖葫芦，她高兴得又蹦又跳。不过，她只伸出舌头舔了几下山里红表面的糖稀，一口也没舍得咬，说是要给大姐和二姐留着。

她就这样一直高举着糖葫芦，蹦蹦跳跳地回家了。

可是一年多以后，这个可爱的身影就从世界上消失了。在一次毛主席接见红卫兵的巨大狂欢中，她和二姐倒在天安门广场上！她们本来坐在距离天安门最近的前几排，享受着见到伟大领袖的无限荣光，谁知道后面的人想把伟人看得更清楚而拼命往前拥，前面是铁打的解放军战士手挽手组成的钢铁长城，奋力地阻止人流冲破堤坝。在两股强大而残酷力量的博弈下，两朵年轻美丽的生命之花凋谢了……当我伤心地再次来到小洁家时，看到她大姐正坐在院门口哭泣。那凄凉的抽泣声让人慨叹生命的脆弱。惚恍间，我仿佛看到小洁从那半开的朱漆大门里蹦跳着走出来，一只手高高地举着一大串糖葫芦，眼睛里满是灿烂的笑……我只期望这种人间悲剧永远也不要重演，永远！

尽管我那刚刚萌芽的赚钱意识让陈老师横刀斩断，如今想来却心存感激，它让我今天的喜怒哀乐没有紧紧地拴在金钱的战车上，而是让我在读书写字中，在人类文明智慧的海洋中惬意地度过人生。

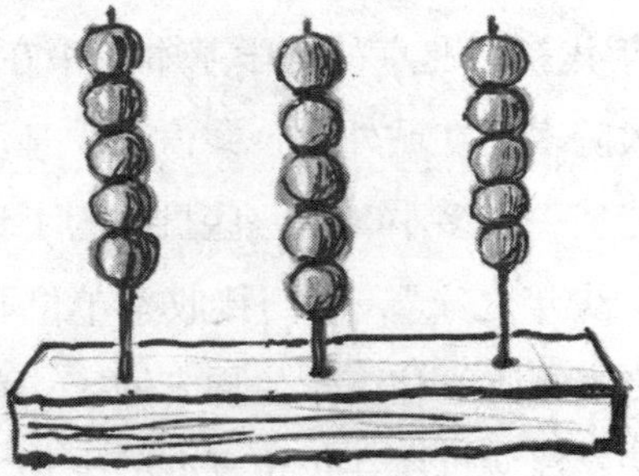

拍花子

如今的年轻父母每临下班都心里长草一样忙着去学校接孩子。一般学校都是下午三四点放学，孩子们只能无聊地在学校等待。家长接到孩子后还要在车水马龙中忍受堵车困苦，经过漫长的煎熬后才能回到家。遥想当年，我们的童年可不似这般艰辛，放学后都步行去“少年之家”快活。

上世纪60年代初，北京的小学基本集中在二环以里城区，机关部委家属大院多建在城外，公共汽车少又没地铁，孩子们上学单程就要花费一个多小时。一些机关为了让职工省心，纷纷在城里建起“少年之家”，专门接收本单位职工在城里上学的孩子。少年之家管吃管住，学生周末回家，单位给补贴，个人几乎全部免费。我父母所在单位开办的少年之家就在机关西门对面一处三进深的四合院里，几位管理老师都是没有正式工作的家属，只管照顾孩子生活，不负责文化课。我记忆中的少年之家是个快活去处，放学后大大小小的孩子们混在一起玩耍，比在家里热闹多了。

三进深相通的院落把孩子们按年龄分开，高年级的孩子住在外院，绕过大门后的影壁是他们的领地；再往里走二进院子住着三年级同学，里院是低年级的住所。我那时上小学二年级，住在里院的西厢房。其他院里种的是枣树和柿子树，我们院里只有一棵百年老槐。一到5月，满院都是槐花香，我喜欢拣起大个白色的槐花吃它里面甜甜的芯子。那时候北京城里的道旁有许多槐树，郊外多杨树，后来还把槐树定为北京的市树。记忆最深的是一条条挂在老槐树枝叶间用一根细丝悬垂下来的绿色青虫，我们叫它“吊死鬼”，一不小心就会落在头发上，引来女孩儿们一阵大惊小怪的尖叫。5月里躺在床上，窗外槐花暗香浮动，浓浓的，袅袅的，在枕边，在心里，怎么也化不掉。

不同年级的孩子之间很少走动，但是大家都会唱一个歌谣自嘲相互关系：“一年级的小豆包，一打一蹦高；二年级的小不点儿，一打一瞪眼；三年级的耍大刀，四年级的上子弹，五年级的一开火，六年级的全滚蛋！”

少年之家每个宿舍都是个小团体，有舍长，六七个孩子一起吃住，一起上学放学，久而久之都成了好朋友。可是我们宿舍的6个女孩子并不怎么齐心，因为宿舍里时常发生盗窃案，大家周一从家里带来的零食，不管是糖果还是点心，不管藏在什么地方都会不翼而飞，谁也不知道是何时、何地、如何被偷的。6个人互相猜忌，人人都成了怀疑对象。

我觉得最可疑的是我的小学同学丽平。她相貌平平、肤色黝黑，一双小眼睛特别锐利，在幽暗处闪闪发光，有点像夜色漆黑森林中豹子的眼睛。丽平是一年级下半学期转到我们小学的，她老爸从部队转业到机关里，是个领导，不知托什么门子没经入学考试就把她塞进了我们小学。她那年8岁，好吃懒做、不爱学习，连最简单的算术考试都能做成不及格。她平时行事有些鬼祟，躲躲藏藏的。有天下午，我分明见她慌慌张张地从屋子里跑出来，随后就发现我藏在枕头下的一根粉笔糖不见了。虽然怀疑，但是没有确凿的证据，也没当场抓个现形，自然无法报告老师。

没多久，少年之家发生了轰动一时的大事——丽平失踪了。那是1963年初夏的一个周二，丽平已经两天没有上课，也没请假，班主任陈老师向家长问罪，才知道她从人间蒸发了。此前少年之家的老师以为她回家了，家长以为她住在少年之家，学校老师以为她生病不能上学，三方互不通气，到了周二才发现她已经失踪两天了。

孩子失踪是天大的事，老师们立刻报警。少年之家的孩子除了交警从没和警察近距离打过交道，只在电影里见过他们的风姿（比如《今天我休息》、《铁道卫士》等），如今见了真人自然心情激动。于是大家都纷纷找老师提供线索，顺便也看看真正的刑警叔叔，满足一下好奇心。结果发现宿舍里的战友都和我一样，早就怀疑丽平就是那个多次作案的小偷。大家反映说，只要丽平单独呆在宿舍里，肯定会有人的糖果点心不翼而飞。有时候还能在地上发现点心渣或糖纸，有时候干脆“活不见人死不见尸”。尽管丽平口碑不好，大家还是希望警察叔叔尽快找到她。丽平无缘无故失踪，此前毫无迹象，之后全无消息，是被坏人拐走了？是被卖到乡下？是死是活？这成了少年之家的中心议题。

学校里同样因为此事闹得满城风雨。警察忙着找人，同学们忙着猜测和想像，人人都希望自己成为破案高手。我们班上有个叫吴南的男孩子，生得白白净净，因为家住在少年之家附近，老师要求我和丽平放学后与他一起结伴回家。我和吴南都不喜欢丽平，讨厌她老是赖着脸磨磨叽叽地问吴南：“你家有糖吗？有好吃的吗？我去你家玩好吗？”有时候一放学，吴南就拉着我抢先走出校门，先钻进胡同快跑，然后在犄角旮旯躲起来，等丽平跑过去不见了再溜出来拐进另外一条小胡同。

后来丽平发现了我们的小动作，居然事先在那条小胡同里等着，我们刚一跑进去，她就跳出来横在我们面前：“知道你们要甩掉我，哼，没那么容易！”

“馋猫，我们才不愿意和你一起走呢。”我说。

“我告老师去，我要是放学出了事你们得赔！”丽平咬牙切齿地说。

吴南是个老实孩子，赶紧说：“好吧，以后我们一定等着你。”

我却说：“你三哥和五哥都在学校里，干吗不让他们送你去少年之家呀！”

“我偏要和你们一起走，你管不着。”

在吴南的劝说下，我只好每天硬着头皮和丽平一起回少年之家。她有五个哥哥，只要她觉得受了欺负，他们都会为她出头的。

丽平失踪后，我和吴南在放学路上的全部话题都是分析案情。他肯定地认为丽平一定是被拍花子了。他听说以前拐卖小孩儿的人有一种绝活儿，用手一拍小孩儿的脑门儿（或者用一种迷药粉一吹），小孩儿立刻神魂颠倒，眼睛也“花”了，看周围全是可怕的狮子老虎，只有前面有路，于是就乖乖地跟着拍他的人走。因为一拍眼就花，所以叫“拍花子”。后来我查到书上说，拍花子就是用迷幻药骗人钱财或者拐卖小孩。骗子多半假扮成要饭的叫花子来骗人，又称为“拍花子的”。

我俩的观点逐渐趋向一致，都认为丽平肯定是被“拍花子”了。一个星期过去了，丽平失踪案毫无进展。随着时间推移，老师和同学们都认为丽平被拍了花子。于是课上课下、大会小会，老师们都把丽平事件放在嘴边，提醒我们放学一定要结伴而行，并且不要跟陌生人说话。

我的小学坐落在西单十字路口以北大木仓胡同一个大宅门里，紧挨着郑亲王府，四周有宽宽窄窄的胡同四通八达。丽平失踪后的第七天吴南发烧没来上学，我只好独自回少年之家。

尽管心里有拍花子阴影，因为下午放学早依然天光大亮，即使走小胡同也不害怕。我斜背着书包，手里拿着一本《宝葫芦的秘密》小人书，一边走一边忘情地看着。那时这部电影刚播出，各个学校里都组织看了一遍。学生票5分钱一张，少吃一根糖葫芦就可以看场“大片”了。等小人书出来后，大家又蜂拥到书店去买书，其中的情节、对话都能倒背如流了。

我每天必须在晚饭前赶回少年之家，路上要穿过一条很长的胡同到达民族宫，再过马路向南走10分钟就到了。因为看书耽误了时间，走在胡同时天色已经幽暗一片了。正走着，我忽然听见身后有脚步声，很响亮，好像一双布鞋的后跟钉了铁掌。开始没在意，后来发现仿佛是冲着我来的，像是在追赶。我心里一沉，糟糕，准是遇见拍花子的了，丽平的悲剧又要重演。

狭窄的胡同里七弯八拐，没有一个人影。风吹来，院墙里的枣树枝影影绰绰，屋顶鱼鳞瓦上的杂草随风摇曳，怪吓人的。我把小人书抱在胸前加快脚步，不料那人紧追不舍，铁掌鞋踏在胡同的石砖地上发出清脆的达达声，宛如战马踏蹄而来。我眼前出现了吴南有关拍花子的描述，不禁把心提到了嗓子眼。身后的那个坏蛋要怎样对付我？是用手拍我脑门儿，还是用迷药粉对着我吹？如果是那样该怎么办？

啪，一只手拍了我肩膀一下，我像触电一样浑身动弹不得，钉死在原地。

“小同学，你怎么边走边看书呀？”一个亲切的声音在耳畔响起。

我睁开眼，眼珠轮过左右，并没看见可怕的老虎和狮子，说明没有眼花。回过头，看见一个大姐姐式人物站在身后，她皮肤白皙，脸上有几点浅浅的雀斑，头发是栗色的，梳着一对小辫子。我认识她，是五年级的少先队大队长。

“你不知道走路看书会得近视眼吗？”她认真地说。

“啊……我知道。”

“请把书收起来，不要再看了。”

“好，谢谢你！”我听话地把书放进书包里。

“不用谢。以后不要走路看书了，会影响视力的。”她超过我，大步流星地向前走去，清脆的达达声渐行渐远。

这姐姐真好，如果这也叫拍花子，我宁愿多被拍几次。吴南病好后，我把这件事仔仔细细地告诉他。结果我俩走过胡同的时候都故意走路低头看书，希望再次被“拍”，但始终没有如愿。

丽平失踪的第九天，我和吴南一起放学回家。因为在同学家玩了一会儿，穿过胡同时天色已暗。好在有吴南陪伴，虽然心里紧张，到底平平安安地来到了长安街上。街灯已经放出柔和的黄光，宽阔的长安街上不时跑过一辆头顶黑色煤气包的公共汽车。那时候国家极度缺乏石油，公共汽车只能靠烧煤气来发动。

“看，那是谁！”吴南用手指着一个方向叫了一声。

我一转头，看见车站上出现了一个熟悉身影，还有那双十分锐利闪闪发光的小眼睛——是丽平。她穿着平时上学的花衬衫，一个扣子掉了，头发散乱，正登上一辆头顶煤气包的公共汽车。那辆车既不是开往少年之家的10路，也不是去机关大院的1路，好像是去前门的。我赶紧走上前大声叫住她："丽平，你要去哪儿？大家都在找你呢。"

丽平手抓住车门把手，回头见到我们有些慌乱，说："我……我去舅舅家住。"

车上有个瘦尖脸、寸头、面色发青的年轻男子从车窗探出头催她赶快上车。

"丽平，那人是谁呀？"我问。

"是……是我四哥。"丽平支支吾吾地回答，头也不回地上了车。汽车轰鸣着发动起来，车顶上黑色胶皮大煤气包已经有些瘪了，开动起来直晃悠。

"咱们快回去告诉老师吧，丽平和她四哥在一起。"吴南望着汽车背影说。

"她骗人，那不是她四哥，"我肯定地说，"她四哥我见过，不是这样子。"

丽平在家中排行老八，也是老小，上面有五个哥哥两个姐姐。虽然和她同住一个机关家属大院，但是因为她哥哥太多，一般人很难分清哪个是她四哥。她一家在大院里挺出名，主要因为家里孩子多。解放初期国家不但没实行计划生育，还号召育龄妇女向苏联大妈学习多生孩子，争当英雄母亲。那时候部队军人生孩子有补贴，不少军人家属没正式工作，生孩子成了她们的主业。我们大院对门是个部队大院，里面的孩子明显比这边多，许多孩子的小名就叫“小六”、“小七”。在我们院里，知识分子家庭只有两三个孩子，子女多的家庭差不多都是父母从部队转业过来的，就像丽平家那样。那时候国家实行限量供应，每月每人都有固定粮票布票。一般来说家里的老小都是穿上面哥哥姐姐的旧衣服，而丽平总是穿新衣新裙子，可见全家人对她宠爱有加。

两个多月前我曾经近距离见过丽平四哥，还差点儿挨了他的拳头。

那段时间学校号召学雷锋，大家都在放学路上寻找机会做好事。有的同学搀扶老人过马路，有的给抱孩子妇女让座，有的拣起一分钱交给警察叔叔。有时候一个老人过马路好几个孩子过来抢着搀扶，一个孕妇上车一堆人站起来让座位。一到放学，孩子们为了拾金不昧都低头走路，把路上拣到的自认为有价值的东西及时交公。于是，老师的办公桌上堆了不少破烂：一分钱硬币，两三根猴皮筋，几个玻璃弹球……据说有的孩子拣不到东西做不着好事，只好问妈妈要几分钱扔在地上再拣起来交给老师。每次我和丽平、吴南走在放学路上，也同样寻找做好事的机会。

一天下午放学后，我们居然在路上拣到了一样宝贝。那是吴南发现的，是个半截埋在树坑里的红色转笔刀。那时市场上几乎没见过转笔刀，我们削铅笔用的是生铁做的黑色竖刀，或者折叠横刀，铅笔的木头硬，用力过度还会削到手。我们三个看着转笔刀都爱不释手，抢着欣赏，最后吴南让我先收好，第二天上学时再交给老师。我把它小心翼翼地放进书包里的铁皮铅笔盒，准备第二天上学时交给老师。没想到次日在少年之家起床后打开铅笔盒一看，转笔刀踪影全无。

我疑心是丽平偷走了转笔刀，吴南也支持这个怀疑。因为这件事只有我们三个人知道。结果在上学路上我和丽平大吵了一通。事后她把她三哥和四哥招到少年之家找我算账。

那天我正在院里大槐树下和两个同学玩跳皮筋，一边玩一边唱歌谣："小皮球，香蕉梨，马尾巴开花二十一,二八二五六,二八二五七,二八二九三十一……"

丽平的两个哥哥忽然闯进院里来，样子凶巴巴地问我："嘿，小孩儿，是你欺负我妹妹吗？""就是你诬赖我妹是小偷吧？"

我虽然害怕，还是大着胆子说："我敢说转笔刀就是丽平拿的，宿舍里只有她看见我放到铅笔盒里了。"

"你有证据吗？没有就是欺负人！"丽平三哥说，他是我们同学校的，比我高两年级，所以说话客气些。

丽平四哥就没那么客气了，他长得又黑又胖，和他妹妹一样有一双小而锐利的眼睛。他二话不说，跳过来揪住我的胳膊就要打，好在被三哥劝住了。我的其他两个玩伴吓坏了，一边尖叫着"打人啦！"一边跑去找老师。几分钟后，头发梳得锃亮的李老师和看大门的老杨师傅闻讯赶来，才把他们轰出少年之家。临走，又黑又胖的四哥还回头瞪着我恶狠狠地说："你要是再敢说我妹偷东西，我打断你的腿。”

眼下丽平说的那个瘦尖脸的四哥，肯定不是来少年之家闹事的那个。她在说谎，那个瘦尖脸说不定就是拍花子的。我和吴南很快把和丽平邂逅的事报告学校老师，老师叫来警察找我们了解情况。我和吴南反反复复地被老师、警察、家长叫出去询问，同样的描述重复了多次，最后连我自己都有些神经错乱，怀疑是否真的在车站见过她。

丽平失踪两个星期后的一个下午，我推开少年之家的大红门，一眼看见丽平母亲，一个瘦小的五十多岁老太太站在影壁前和老师说话，身边低着头站着一个又黑又瘦的女孩子——是丽平！我吓了一跳，仔细看去，丽平没什么大变化，就是黑瘦了些，面带羞愧。看见我，眼神闪烁不定，肯定做了什么亏心事。

少年之家的孩子们都好奇地跑来看热闹，女孩子们在一旁指指点点嘀咕嘀咕。李老师送走了丽平妈，又返身让丽平回自己宿舍去。然后，几个老师把大家集中在一起，嘱咐我们不要打听丽平的事情，也不要围着她追问，要求大家和以前一样对待她。

老师们肯定都知道她这两个星期的经历，为了她今后的前程丝毫不肯吐露。我们受好奇心驱使一个劲儿地追问丽平，但她却不理不睬，逼急了还要发狠地骂人。放学后她也不再和我们同路，而是由她三哥护送去少年之家。

因为问不出个所以然，所以关于丽平的谣言和猜测满天飞。有人说她被偷窃团伙拐去了，人家管她吃喝，教她偷东西，成了名副其实的小偷；有的说人家给她几块糖她就参加了流氓集团，跟着干了不少坏事；还有的说她被拍了花子，卖到乡下去当童养媳，后来逃出来了。总之，这次失踪让丽平在学校、少年之家和机关家属大院都出了名。大院的家委会还专门召开家长会，拿她的事情当反面教材，告诫家长要管好孩子。

那段时间，只要丽平一出楼门，院里的孩子们就在背后议论，她算是赚足了眼球，也在人前抬不起头。出门上学时她总要跟在三哥五哥的后面，有哥哥们罩着，不至于在路上挨骂。平时在学校里，丽平变得沉默不语而且敏感多疑，大家随便开个玩笑她都警惕地瞪着你，好像一头弓起身子随时准备出击的豹子。自从失踪事件后我们宿舍里的糖果再也没有不翼而飞，也许丽平从此改过自新了？她很长时间不能融入集体，总是离群索居独自玩耍，没几个月就转学并离开少年之家，从此断了音信。

“文化大革命”拉开序幕后，学校停课，学生回家，少年之家失去了存在的必要而关门大吉，即使复课后也没再恢复。多年后我旧地重游，发现当年吴南家所在的胡同已被拆除，少年之家那座三进深的四合院也荡然无存，取而代之的是一座高高的公寓大厦。大厦像是一口大箱子砰地关上盖子，连同四合院里那棵满树芬芳的百年老槐，以及我心中数不清的儿时记忆全关在里面了。

十几年过去了，我参加工作后常常回机关家属大院看望老妈。一次在路上偶遇丽平，我向她点头示意，对方却装作不认识，结果我俩形同路人。有时候从老妈家的阳台上可以看见她穿着时髦的超短裙，露着两条白粗腿，脸上浓妆艳抹地走过，咯咯的高跟皮鞋声敲打着小路，令人担心细长的高跟鞋底无法支撑她发胖的身体。她靠父亲关系挤进机关做了电话接线员，以好打扮穿名牌而在大院里闻名。每当老妈从阳台上看见她，总在背后戳脊梁地数叨着："看看，像什么话，穿得像酒吧女似的。"。

没几年，丽平从单位里辞职又玩儿起了失踪。没人关心这个接线员的去向，她在大院里也一向没朋友。几年后的一天，我又从老妈家的阳台上看见了她：戴着时髦的墨镜，穿一套质地上乘的橘黄色西服套裙，脚下是白色高跟皮凉鞋。最扎眼的是她一条胳膊挎着一个秃顶的香港人。那老头儿看上去比她大十几岁，凸着啤酒肚子挺富态，听说是个商人，很有钱。丽平给自己的母亲在郊外买了栋别墅，还请了保姆替她尽孝，自己和夫婿住在香港。以钱为度量衡的年代笑贫不笑娼，连大院里喜欢张家长李家短的鸡婆们都忘记以前的厌恶，转而称赞她是个孝女。老妈每每提及此事，话里话外透着羡慕。看来"三岁看大七岁看老"的老话是错了，像丽平这样七八岁偷东西玩失踪，长大了照样能翻云覆雨，把你们这些老老实实的读书人、勤勤恳恳的劳动者全都震住。

故事还没完。一天我回娘家，老妈兴奋地说，丽平傍的那个港商老头实际上有家室，她不过是个地下小三，人家老婆知道后把她从香港家里撵出来，没让她拿走一毛钱。

原来，丽平那灯红酒绿富贵优渥的日子不过是南柯一梦。说实话我挺佩服那位港商老婆的，丽平从小就行事诡秘，即使我们多次怀疑她是“三只手”，从来没有过确凿证据。这位夫人一定有过人的嗅觉，或者拥有跟踪盯梢的现代化手段才把丽平“捉拿归案”。

我想，如果一个人小时候靠偷糖果、转笔刀满足欲望，长大后靠偷别人财产和老公得到富贵荣华，到头来必定两手空空；也许有一天她终会明白，妄想不劳而获终归是镜花水月黄粱梦。

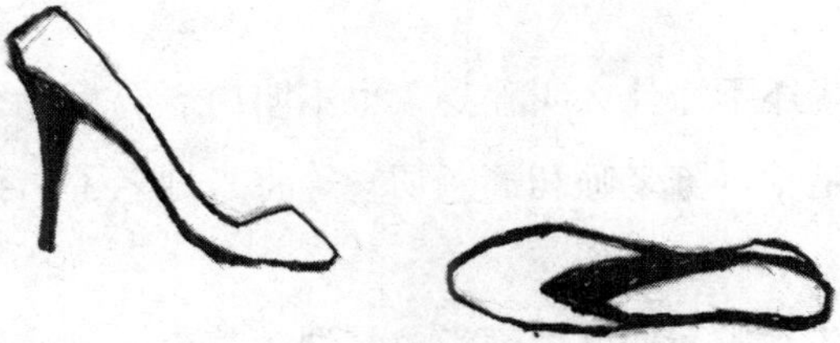

独身班主任

我的小学和初中班主任都是女老师，都是独身不婚族，我一直误以为这个职业就是这样，剩女最多。刚上小学时，一次在家偶尔听老妈像发现惊天大案地告诉老爸说陈老师一直独身未婚。老爸不让她在我面前这样蜚短流长的，可是老妈不住地念叨着：这么漂亮怎么没有对象呢？是不是有对象又吹了？一辈子不结婚将来老了怎么办？学生又不是自己的孩子，将来谁会惦记你呀？

那时我还不懂什么叫独身，也不明白老妈为什么如此大惊小怪，只是觉得陈老师和蔼亲切，等将来她老了，我们都会去看望她的。

1967年秋末我们又回到学校复课闹革命。我感觉变化最大的是班主任陈老师。仅仅相隔一年多的时间，她像变了个人，额头和眼角刻画出细小皱纹，两鬓也出现了丝丝飞霜。

陈老师是南方人，老家在江浙一带。我刚进小学时觉得她很年轻，虽然32岁了，却容貌清秀、皮肤白皙，活脱脱一个从盈盈水乡款款细步而来的乡村女教师。她身材高挑，喜欢穿素蓝色的偏襟衣服，头发梳成长辫子，一丝不苟地盘在脑后，脚上永远是舒适的黑布鞋，从没见她穿过高跟鞋。总之，在我印象里，她属于老派女人。“文革”初期学校放长假之前我隐约听说她出身不好，学校还出现批评她的大字报；在后来停课的一年多里，她一定过得不如意吧。

复课后没怎么正经上课，学生们不是学毛选（毛泽东选集）就是参加宣传队排演节目。一天，我和刘维维、方小军站在教室门口，向陈老师请假去参加校宣传队活动。谁知老师堆起一脸冰霜，冷冷地说：“你们想去就去吧，我可管不了。”

我很茫然，从前我和维维都是她最喜欢的学生，是班干部，从不忤逆她，显然她不喜欢我们的作为，眼下是该去宣传队还是不去呢？正在犹豫，方小军一声不吭地转身，像只小耗子似地溜回了教室。

“方小军，你不去练功了？”我追着问。

“反正我不去了。”他头也不回地说。

陈老师冷冷地盯了我几秒钟，回身在我们面前关上了教室门。

我和维维心绪纷乱地沿着回廊走到后院的宣传队活动室。

那是一间很大的西厢房，里面放着一些体育器材，有哑铃，还有软垫子，正好让队员们练习翻跟头。宣传队的负责人是梳着挂面条一样垂直短发的学校革委会林主任。她很能干，从各个班挑选出文艺人才组成毛泽东思想宣传队，还把这里辟成练功房。林主任是个健康结实、性情开朗的年轻人，待我们也亲切。每次训练时，她都要蹲在地上伸出胳膊当支撑，让我们挨个依托着她的臂膀练习下腰和翻跟头。她耳侧的短发常常被汗水打湿，紧贴在黑里透红的脸上。

练习一段后，林主任拍着手说："同学们注意了，下周二就要去区里参加汇演，大家要辛苦一下了。好，现在先休息十分钟。"

队伍解散后，林主任走过来问我："你们班的方小军呢？怎么没来？"

"他，"我和刘维维对视了一下，一起摇头说："不知道。"

林主任很不满意地说："他虽然没多少台词和动作，也得好好练呀。佳佳，你去把他找来。"

我只好把向陈老师请假时的情况如实汇报。

林主任显然很生气，粗线条的黑眉毛挑起，大声说："你们那个陈老师，她这叫什么？这叫破坏！"

我和维维从来没见过林主任这么生气，赶紧把脑袋缩进衣领里。

林主任还在发脾气，"陈怡兰，她仗着是女师大毕业的，仗着在教育口有老资格，不把我们放在眼里。我告诉你们，其实她是有问题的，是坚持修正主义教育路线的典型。”然后她转身离开，从嗓子深处哼了一声：“这个老处女！”

最后一句话显然是在泄私愤，却让我大吃一惊。我那时已经11岁了，自然明白老处女的含义。老处女？难道陈老师没结过婚？

刘维维比较鸡婆，精于家长里短的闲事，我赶紧向她问个究竟。

听了我的问话，维维把眼睛瞪成铃铛状，嘴巴像被鱼刺卡住似地半张着，看着我就像看着刚刚掉到地球上的外星人。“这么多年了，难道你一直不知道陈老师是独身？”

“不知道，”我急忙辩解说：“上二年级那年我和吴南去过陈老师家，那次我衣服扣子丢了，她帮我缝扣子。我看见她家有个小女孩儿在书桌上做作业，年龄和咱们差不多大，我还以为是她女儿呢。”

“那是陈老师姐姐的孩子，她家住得远，上学不方便，经常住在老师家。”维维很得意自己是百事通。

我也真够糗的，跟老师学了这么多年，今天才知道她没结婚。不过，班上一定还有比我更傻的，比如那些没心没肺的男生。不过我是女生啊，女生对这种事应该天生敏感、明察秋毫，像我这等迟钝实在丢人。

于是，一个大大的问号空降到我脑子里：“她为什么不结婚呢？”

维维摇摇头：“我也想知道陈老师为什么不结婚，我妈还老问我呢。可是咱班上好像没人知道。”

这引起了我们的无限遐想。连三年级一个教数学的歪脖子女老师都结婚生子了，陈老师长得挺好看，又是教语文的，为什么不结婚呢？

宣传队训练结束后，林主任交给我一项艰巨任务，下次练功一定把方小军拉来。

方小军是班上一个小个子男生，以前也住在我们机关家属大院，后来搬家了。他长得很不起眼，毫无特色，扔到人堆里肯定找不出来。我记得小时候在大院里大家都叫他胖墩儿，现在倒没人叫了。他不爱说话，也不擅长歌舞，浑身上下没有半点儿艺术细胞，不知道林主任为什么选中他。林主任曾是体育老师，也许因为小军的短跑成绩不错，给她留下深刻印象吧。这次演出中，他的主要任务就是扛着一面红旗，从舞台这边跑到那边，然后从后台穿过来，再上台跑一次——也就是个跑龙套的。

第二天下午，又到了该练功的时间，陈老师却要求我们在教室里写作文。因为怕林主任再发脾气，我只好拉上维维和方小军，趁老师不在溜了出去。

很不幸，在通往后院的回廊上正撞上陈老师。她依然是一脸的冰霜，看着让人脊背发凉。

“林主任让我们去排练。”我慌忙解释说。

“她是班主任还是我是？”陈老师口气严厉地问。

我赶紧把头低下，心里很矛盾。

“都给我回去，把作文写完。”老师目光坚定地从我们身边走过。

我急了，扭头说：“陈老师，您这样做是破坏，是……修正主义的典型。”

陈老师一愣，回过头嘲讽地说：“佳佳，学了不少新词呀，以后你来讲课吧。”说完，一甩手转身走了。

听了老师的话我张口结舌，只剩下想哭的冲动。

方小军再次掉转船头跟着陈老师打道回府，我和维维只好心情沉重地去排练室。

放学后，我和刘维维从学校出来走进一条胡同。天色已暗，胡同里很幽静，风吹来落叶在墙根处打转。忽然，几条黑影从天而降，笔直地挡住去路。我的心一下子提到嗓子眼，糟了，遇见坏人了。定睛一看，打头的是方小军，后面跟着小钟和大胡。他们个个上衣领口敞开，帽子歪戴，肩上斜挎着黄色军用书包。

方小军冲着我嚷起来：“嘿，站住，你凭什么说陈老师是修正主义典型。”

原来如此，我坦然地说：“不让我们去宣传队就是错误的。”

大胡居然亮出拳头：“你再敢骂陈老师破坏，我饶不了你。”

“我没骂老师。”

方小军逼近我一步，坚决地说：“告诉你，你必须向陈老师道歉，要不然我们不答应。”

小钟也在一旁说：“对，我们说到做到。”

我觉得很搞笑。这几块料没一个是安分守己的“良民”，过去都是让陈老师头疼的闹将，是我们班干部管制的对象，也是全校著名的调皮捣蛋鬼。

那个大胡总想当江湖老大，酷爱打架，打遍本班的男生又去外班找茬儿，老师一说找家长，他就躺在办公室地上赖着不起来；小钟呢，一肚子坏水，上课时曾经在墨水瓶里撒尿，骗别人说那是他爸爸从国外带回来的高级墨水，还特别恶心地拿给女生看；至于方小军就更不省心了，只要老师一错眼珠，他那里就会出状况。

记得二年级时新上映了一部叫《飞刀华》的电影，方小军看得上瘾，铅笔盒里装满了削铅笔的竖刀，一下课就跑到院子里玩飞刀。他的靶子不仅有大树，还有回廊的木柱子，一边扔刀子嘴里还发出像箭离弓、刀出鞘的“嗖嗖”声，看得人眼花。这样做很危险，外校曾有男生被刀子扎了眼睛的报告。后来陈老师把他的刀子全没收了，他又改用削尖的铅笔当飞刀。终于有一次，他的飞铅笔扎伤了一个女生的胳膊，顿时血流不止。家长找上门来不依不饶，陈老师气得火冒三丈。

陈老师找来小军的家长，说什么也不要这个学生了，让他或者转学，或者调班。方小军又哭又闹，坚决不离开陈老师，像小狗一样眼泪汪汪地拽着她的衣角不放手。他父亲在我父母机关食堂当炊事员，母亲是机关幼儿园老师。他们三天两头请假找学校求情，甚至找校长说好话，好容易才让陈老师收回成命，留下了小军。

而我和维维呢，一直是老师眼中的好学生，成绩好，听话，我还当了两年中队长。陈老师曾交给我一个艰巨任务，管着方小军、大胡、小钟几个落后生，遇见他们做事出格立刻批评，再不行就找老师。陈老师的信任让我感到无比荣光，那以后，我擦亮眼睛，像猎鹰一样警惕地关注他们的一举一动。

“大胡，你为什么不交作业？”

“方小军，没上体育课请假了吗？”

“小钟，你又上课搞小动作，小心我给你告老师！”

三个男生特烦我管他们，小钟还给我起了个奇怪的绰号：“危机时刻”。他们捣蛋时一旦发现我来了，立刻说：“危机时刻来了，快跑！”无论怎样，有我和维维帮忙管理，这些落后生都有所收敛，陈老师也省了许多事。

眼下这一切都颠倒了，落后学生成了陈老师的捍卫者，我们几个优秀生倒站到了老师的对立面。一场“文化大革命”真是颠倒黑白，扭转乾坤。

见他们气势汹汹的，维维先害怕了。“你们干吗这么厉害，明天我们去找陈老师道歉不就行了。”

“明天不行，今天必须道歉。因为老师生气了。”方小军不依不饶的。

“老师下班回家了。”我说。

他们几个几乎异口同声地说：“去老师家呀！”

之后，三个坏小子押着我们两个“好学生”直奔陈老师家。

陈老师家就在学校附近胡同的一个大杂院里，班里同学几乎全都光顾过。到了秋天，有的同学还想方设法去老师家串门，因为院子里有好几棵果树，不管谁来，老师都要请他吃熟透的大红枣、酸甜的白杏和秋海棠。走进陈老师只有11平方米的东厢房，发现这里变化巨大。屋子里增加了许多东西和一个老太太（后来知道是老师的妈妈），显得很凌乱。原先干净整洁的单人床换成了上下两层床，上层放着纸箱子、大铁皮盆、粗布包袱等，下层是睡床，周围的墙上还贴满了报纸。陈老师说，因为墙上有裂缝，就用报纸挡住。

见到我们来访，陈老师和她妈妈都很高兴，老太太连忙去外面的小厨房给我们洗红枣、海棠，陈老师呢，好像什么事都没发生过，满面春风地给我们腾地方让坐。

我一直思忖着该怎么说。我们这班学生从7岁一进校门就是陈老师带着，刚来的时候方小军连上厕所都不会，都是她一点一滴教会的。她做了这么多年班主任，已经像我们的半个妈妈了。因为宣传队的事我第一次和她顶嘴，心里很不是滋味。一抬头见方小军虎视眈眈地瞪着我，我只好扭捏着道明来意：“陈老师，我不该说您是修正主义典型，我向您道歉。可是您为什么不愿意我们去宣传队活动，我们是去宣传毛泽东思想啊。”

陈老师拉着我的手说：“佳佳，你说什么我都不会放在心上，我不是跟你生气，也不是不支持你们去宣传队，我是跟那个林主任生气。”

她告诉我们，她妈妈成分不好，在村子里被人批斗，生活不下去。她利用寒假跑回南方乡下把老妈接到北京住，为了这，林主任大会小会、明里暗里地指责她。前些日子，林主任又找她谈话，说有人说看见她给老妈买人参补身子，说明她根本不想划清阶级界限。

陈老师生气地说：“你们来评评理，她是我妈，是生我养我的妈，我就该孝顺，难道她林主任没有妈？难道她是从石头缝里蹦出来的？”

我觉得林主任有理，陈老师的话也没错。作为无产阶级革命战士应该和地主家庭决裂，我们机关家属大院很多干部都把出身不好的父母送回老家，我母亲也把外婆送回南方了。但是孝顺父母是天经地义的，是中国人的优秀传统，也是我们自幼接受的教育，早已根植在心了。我心里很矛盾，在老师面前不知该说什么好，只好一声不吭。

三个男孩子见我认错心满意足，只顾在一边大口吃着新鲜红枣和海棠，老师的妈妈摸着方小军脑袋说：“慢点儿吃，别噎着。”一边还往他的衣服口袋里塞枣子。陈老师带着慈爱笑容又回忆起大胡他们几个淘气的往事，搞得男孩子们不好意思起来。

从陈老师家出来时夜幕已临，一轮斜月银钩穿过那几棵枣树的枝叶，在四合院的天井里洒下碎如残雪的月光。我们五个男女学生怀揣着老师母女的红枣和温情，踩着月光离开了小院。走出老远，还看见陈老师母女站在门口向我们挥手。

我和陈老师缓和了关系，方小军没再和我过不去，而且时不时地参加宣传队活动。不过他就是个跑龙套的，多来一次少来一次没人记得。我们参加汇报演出的节目获得了区教育局嘉奖，林主任后来升到区教育局革委会当三把手。我们不久离开小学各自进了中学。

后来知道“文革”后期林主任又回到小学继续当她的体育老师，再后来就搞些收收发发的杂事一直到退休。虽然曾经的辉煌瞬间陨落，她好歹也体验了一把位高权重的滋味。陈老师依然坚持和母亲住在一起，我们毕业后，她又去一年级当班主任，帮扶着新的一拨孩子走上他们的人生舞台。

三十多年过去了，穿过岁月的风风雨雨，我们这代人在动荡跌宕中走过青春，走过盛年。当年胡同里四合院宅门的小学早在北京城大拆大建中消失殆尽，小学同学也不知所踪。

一个偶然机会，我遇见了刘维维，原来她一直在一家报社做记者。记者这行很适合维维，从小她就喜欢打听各种消息。在报社大楼底层的咖啡厅里我俩攀谈良久，她知道不少小学同学的去向。比如那个喜欢打架的大胡后来去俄罗斯做木材生意，挺发财的；蔫儿坏的小钟可能是全班最有出息的了，他去美国读了博士，现在自己建有一个试验室，管着十几号老美。看见我吃惊的样子，维维一再强调说这是真的，她的爱人和小钟是大学同学。

接着她又谈起了陈老师，让我意外的是这么多年来她一直与陈老师有联系。她说有一次老师终于说出了独身原因：陈老师相恋多年的男朋友为了政治前途，在婚礼的前几天和她这个地主女儿分手了。陈老师是个倔强的人，不肯因为出身不好在婚姻中委屈自己，她谢绝了不少说媒的，立志独身。

在维维面前我感到愧疚，作为陈老师当年宠爱的学生，我竟然一次都没回去看望过她。维维对我说："我和咱们班的几个同学还有联系，这样，哪天咱们一起去看陈老师。"

"老师还住在原来的胡同吗？"我问。

"早拆迁了，不是要修路吗，那条胡同的人都搬走了。区政府说如果在五环边上补偿房子可以住大一些，如果想住城里房子就小。"维维比划着说："陈老师那时还和我商量，我说还是住城里好，岁数大了看病方便。"

我向她投去感激的目光，难得她这样为老师着想。

在西城区繁华地带一座塔楼一间12平米的北房里，近四十年后我再一次见到了陈老师。她已经是七十多岁的独居老人，头发稀疏，牙齿几乎掉光了。不过一如我小学时代见到的那样，她的头发依然一丝不苟地梳成辫子盘在脑后，脚上穿着舒适的黑布鞋。看见我，她喜出望外，并立刻说出了我的名字。她带过好几个毕业班，对自己的学生如数家珍。

我一转头，看见房间角落里坐着个满头华发的中年人，他一脸沧桑，额头上写出了皱纹。见到我他微笑着站起身。维维走过来让我猜是谁，四十年了，我在记忆深处翻箱倒柜地想了半天也没结果。

陈老师说："他就是方小军呀。"

我吃惊地看着他。小军自嘲地说："瞧我这一脸老相，谁都认不出了。”

攀谈中我才知道，方小军原先在一家重型机械厂工作，后来工厂不景气他下岗待业。那时候他已经四十多岁了，重新找工作不容易，一直做些零工维持生计。他爱人身体不好，经常生病，好在单位不错，可以报销大部分医疗费。现在最头疼的是儿子大学毕业还没找到工作。难怪他看上去显得压力重重，生活的负重让他提前苍老了。他摇摇头，叹气说：“我跟你们比不了，我不争气，没什么出息，给咱陈老师丢人了。”

“谁说的。”陈老师扶着桌子坐到一把旧椅子上。“这些年，小军一直照顾我。别看这间房子小，要不是他跑前跑后的找关系帮忙，拆迁的时候早就让人家给我发落到郊区去了。看见那台电视机了吗，是小军和他媳妇一块儿搬来的，他家不富裕，还非要凑钱给我买电视；还有那个柜子，也是他从家里匀出来的。”

我听了羞愧难当，真想找个地缝钻进去。要知道，搞定这些事情放在下岗又没什么家庭背景的方小军身上，需要付出多少艰辛！

方小军却在一旁摆摆手说：“陈老师，那么点儿事您就别逮谁和谁说呀！”

维维在一旁说，“小军是大好人，陈老师妈妈去世都是他帮忙操办后事的。”

我心里一震，眼睛有些潮湿，对小军说：“其实在咱们班你是最有出息，最给老师争气的学生。”

我赶紧把头转到一边，泪水无法抑制。方小军，这个普普通通的下岗职工，用自己的人生诠释了中华民族流传百代的优秀传统：一日为师，终身为父母。他那殷殷的反哺之情像阳光一样，透过社会浮躁、虚荣和物质追求的层层尘埃，照亮了我们的心田，温暖了人间。

抓特务

1965年，电影《秘密图纸》风靡全国，也在我们这些小学生中掀起热潮。谍战片反特片一向是老少通吃，只要有一定分析能力的人都能看懂。那年自从学校组织同学看了一场以后，不少孩子特上瘾，三遍五遍看不够，影片里面的台词都快倒背如流了。以现在人的眼光，会觉得这部反特片编排得一般，表演痕迹也较重，可在当时没电视、电影又不多的背景下，它的确是一部精彩大片。

小学同学吴南就是《秘密图纸》的铁杆粉丝，差不多到了走火入魔的地步。吴南生得白白净净，瘦高个，有一双大大的亮眼睛，眼睫长而浓密，好看得像个女孩子。他不淘气不打架，顶多就是喜欢神侃，算是个“小忽悠”。他家住在文昌胡同，与我寄宿的少年之家很近，我俩放学后经常走一路。

我们每天放学回家要沿着国会街的小马路往南走约十分钟路程。这条街上因为有1911年兴建的民国国会议场而被称为国会街。马路两旁都是些民居小院，那些高门槛、石狮把门的深宅大院都藏在胡同深处。临街的小门小户门槛不高、门脸不大，有的将住房改成铺面，做些香烟、糖果之类的小买卖。铺面后面院里的杏树、海棠树枝叶满头，把小院饱胀得快要撑破似的，将几枝红杏挤出了院墙。

走在路上，看头顶上盘旋着成群的哨鸽，听胡同口偶尔响起“磨剪子镪菜刀”的喊叫声，十分惬意。马路边有一排碗口粗的槐树，暮春时节里花香浮动，落英满地。我们喜欢一边走一边拣起白色槐花，把芯子揪出来放在嘴里。槐花芯子吃起来舌尖缭绕着丝丝甜味，也就不会去嘴馋小铺子里的彩色糖豆了。

路有多远吴南的话就有多长。虽然吴南学习成绩在班上倒数，但他知道的事情特别多，上至天文下到地理都能摆划一阵，让我十分佩服。他最喜欢聊他和爸爸看过的一个展览会，是个罗马尼亚科技展。他告诉我展会上有一种玻璃特结实，讲解员阿姨让他在上面随便跳，一点儿都不裂。我表示不相信，他急了眼，翻来覆去地给我解释。其实现在看来就是块钢化玻璃板，他却迷得不行。一次学校校工换玻璃窗，他就在换下的玻璃上跳着玩，玻璃瞬间碎成了几块。陈老师狠狠批评了他，还请了家长。自从看了电影《秘密图纸》，吴南的话题全部都转向到这部电影。他可算是忠实粉丝，不仅知道女主角田华主演过的电影，还知道男主角王心刚多大岁数。

吴南除了会背《秘密图纸》里的某些台词，还喜欢学电影里那个结巴胖特务厨师叶长谦说话。

上算术课时，老师见他总走神，就不断提问。

“吴南，看图！横排有7棵苹果树，竖排有8棵，一共有多少？”

吴南站起来眨眨大眼睛：“老师，让我算什么？”

“没听清楚吗？看图！”老师用教鞭点着挂在黑板上的图画。

“是……看图纸吗？”

老师见他总是答非所问，气得用教鞭敲桌子。吴南眨眨大眼睛，无辜地说：“你……火，火什么呀？”引得全班哄堂大笑。老师本想训他一顿，结果自己也憋不住，笑了。

这天放学后，我俩照例走在国会街上。夏天里两旁的国槐树浓荫密布，几乎遮盖了狭窄的街道。正走着，吴南忽然抓住我的胳膊，神神秘秘地说：“佳佳，别回头，一直往前走。后面有个特务。”

“啊？特务？在哪儿？”

“就是后面那个瘦老头儿，我已经盯他好多天了，他总是准时出现在那儿，很可疑。”

“你怎么知道他是特务？”我不相信。

“他长得特别像《秘密图纸》里的老特务古仲儒。”

“是吗？”我兴奋起来：“他在干什么？”

“他在和另一个特务接头呢。没错，他们总是这样鬼鬼祟祟的，我早就盯上他们了。电影里那个古仲儒刚出现我就知道不是好人。现在这个也一样，我的判断肯定没错。”

我实在忍不住，还是回头看了。身后不远处，一个干瘦的高个老头儿，穿着一身蓝色工装，头戴发旧的蓝色工人帽，胸前的上衣口袋里别着一支钢笔，一只手夹着烟卷正和一个胖老头说话。那个胖老头我认识，是个用竹子片做小玩意儿的手艺人，经常在胡同口摆摊。他会用竹子做竹哨、空竹、小人等，印象最深的是他用一段竹子做成带胳膊腿的孙悟空，用粗铁丝穿过两条胳膊钉在两根竹棍上，用力夹竹棍，孙悟空就会上蹿下跳的，特别有趣。难道他也是特务？胖老头拿着镶玉石嘴的烟袋锅子，一边听瘦老头说话一边点头，那模样，和《秘密图纸》里的特务接头真有几分神似。忽然，瘦老头和胖老头的脑袋凑到一起。

吴南拉着我赶紧躲到一棵大槐树后面。

“注意，他们要交接情报了。”他煞有介事地说。

我看见他们凑在一起点烟，忙轻声地说：“看，他们火，火……”

“准是在对暗号呢。”吴南肯定地说。

我们在树后站得脚都麻了，也没见两个“特务”递纸条、交接情报，正在踌躇，那瘦老头吸了几口烟又朝南走了。

吴南说：“佳佳，你跟着瘦老头，看他去什么地方。”

“那胖老头呢？”

“我跟着，明天放学时咱们再商量。”

与吴南分手后，我不远不近地跟在瘦老头儿后面，一直拐进前面的帘子胡同。没走多远忽然看见几个孩子围着一个摆摊的，喜欢看热闹的我不知不觉被吸引过去。哈，这不是吴南一直想找的做糖人的那个乡下人吗？吴南总说他要跟他学习吹糖人，却苦于见不到，原来他跑到帘子胡同摆摊来了。他身边有个带风箱的炉灶，上面放着口铁锅，里面的糖稀咕嘟咕嘟地滚开着。我津津有味地看着他把一个吹得圆鼓鼓的糖稀小猪用一根竹签子插在一根木头上。吹好的小动物5分钱一个，可以吃又可以举着观赏，我一直想让老爸买一个。

猛然间，我记起自己有任务在身，不能再耽搁了。我赶紧往胡同深处走，可是瘦老头儿已经不见踪影。周围有好几个高门槛的大宅门，朱漆大门上吊着铜质的兽头门环，两边石狮把门。到底他进了哪家大院呢？我不敢贸然敲门，只好退回来。只身一人走在不熟悉的胡同里，心里真有点儿发虚，直到走出胡同来到大街上才算安下心。看来抓特务也不是那么轻松的。

第二天放学刚出校门，我和吴南两个“业余侦探”立刻互相交换情报。我报告了我这边的进展：跟着瘦老头拐进帘子胡同不久就找不着人了，不过发现了卖糖人的乡下人；吴南听了只兴奋了几秒钟立刻恢复理智，严肃地汇报了昨天的跟踪情况：他跟着胖老头进了头发胡同，也跟丢了，大概是走错了岔道。我们越琢磨越觉得瘦老头可疑：他为什么每天准时出现在同一地方？他为什么鬼鬼祟祟地和胖老头凑一起嘀咕？为什么总在向别人打听什么？

吴南说:“不行,我们必须继续监视,不能放过一个特务!”

“可是我一个人跟着特务有点儿害怕。”我说。

吴南说:“我们人太少,得再找一些,大家分头跟着。”

我想了想,说:“我们少年之家宿舍里还有5个人呢。她们放学以后都从这里走。”

“太好了。把她们都找来!”吴南把手一挥,貌似自己就是公安局长。

上三年级后,我就从少年之家的里院搬到了中院一间15平米的东厢房,里面横七竖八地放着6张床,住着包括我在内6个9岁至11岁的孩子。舍长是个10岁的女生,叫林林。她长得并不出众,脸上有几粒雀斑,说话语速很快。她姐姐也在我们宿舍,叫梅梅,长得很白净清秀,惟一的缺陷是一条腿有点儿瘸,走路一踮一踮的,据说是小时候得过小儿麻痹留下的后遗症。梅梅不喜欢说话,却总爱眯缝着眼睛站在一边观察人,似乎什么都逃不过她的眼睛。我加入这个宿舍的第二天早上,起床刚把中队委的两条杠标志别在袖子上,梅梅就喊起来:“呀,中队长!”宿舍里的孩子都翻身爬起来,并发出羡慕的赞叹。那时候能戴上两条杠并非易事,两个小点儿的孩子甚至光着脚丫跑过来端详。

宿舍里的孩子都不欺生,林林也很热心,经常帮助我梳小辫、洗手绢。我们同桌吃饭,一起上学,大家在一起快乐融融的。中院里有几棵柿子树,南房旁边还有一棵歪脖桑树。桑树带给我们许多乐趣,深紫色的桑葚引人垂涎,吃完后手指和嘴唇都会染上紫色；嫩绿的桑叶也是我们的宝贝。那时候小学生们时兴养蚕，我和林林她们放学回来就搬着凳子去摘桑叶。宿舍里的蚕宝宝养在医生们丢掉的放青霉素针剂的纸盒子里，我们喜欢趴在床上看它们贪婪地蚕食着新鲜桑叶。记得盒子里一共养着6只蚕宝宝，成了全宿舍的宠物。

我没把抓特务的事情告诉全体室友，只悄悄对林林一个人讲了。这是机密大事，当然要先和干部商量。林林抑制住内心激动，建议我先不告诉大家，明天她自己和我一起去执行任务。宿舍的其他人看见我俩神神秘秘嘀嘀咕咕的，都来打听底细，我们随便找个借口就搪塞过去了。

第二天早上吃早饭时，我和林林还在互相使眼色，做手势，这种交流方式实在太有意思了，仿佛我们是安插在少年之家的卧底。放学后我们在十字路口会合了，我把林林介绍给吴南。

那天很幸运，瘦老头又在胡同口亮相了，总算没让斗志昂扬的“侦探”们白忙活。不过他没找做竹片玩意儿的胖老头接头，而是和一个抱孩子的妇女在一家卖麦芽糖的小铺子前聊天，还伸手逗她的小孩儿。我和林林站在不远处装作拣树下的槐花，一边支楞着耳朵努力听清他们说什么。初夏的清风夹杂着槐花香把二人谈话断断续续吹过来，不过是些家长里短的俗事，什么“孩子几岁了？喝牛奶吗？请保姆还是奶奶带着？”等等，似乎和国家机密没什么关系。

后来瘦老头又和一个提着菜篮子的妇女打招呼，然后他们在一起嘀咕了一会儿，老头还抬头向这边张望，吓得我们不敢跟踪太近。再后来那个胖老头担着摆摊的担子也来了，他们三个凑到一起说话。提菜篮子的妇女还从篮子里摸出个什么东西交给胖老头。是什么呢？是国家机密图纸？新式武器胶卷底片？还是什么保密机构的门钥匙？

她的这个举动给我们太多联想了。

瘦老头终于离开那两个人又朝前走，并拐进另一个胡同。吴南去跟踪他，我和林林跟踪抱孩子妇女，可是那个提菜篮子妇女没有人盯梢了，还有胖老头呢，真让我们分身乏术——看来人手还是不够。

当我们再次相聚时，吴南说："现在已经知道三个可疑分子的家庭地址了，我们都要监视。还得增加人手。"

林林想了想，对我说："要不然咱们告诉大家吧，人多力量大。"

当我把抓特务的事告诉少年之家室友时，大家都很激动。所有人都看过《秘密图纸》，有的还一连看了三遍，几乎人人走火入魔，个个想抓特务立功。那一晚，我们兴奋得难以入眠，大家都盼着快点儿天亮，好早点儿行动。

翌日放学后，宿舍里的五个女孩子神情庄严地赶到新文化街十字路口集合。吴南和我也准时赶到。吴南见一下子来了这么多"刑侦人员"非常高兴，不过他拼命装出一副成熟稳重的样子，使自己看上去像个侦察科长。

这天瘦老头虽然照例准时出现，却没和任何人说话，只是在街边的小铺子买了包烟，然后就走进帘子胡同。吴南说昨天因为不敢跟得太近，始终搞不清他进了哪家大门。今天好了，我们人多，他不会起疑心的。

我们装作过路人三三两两地在后面盯梢，最后看见瘦老头进了一个高台阶四合院，回身把朱漆斑驳的大门关上。这种宅院过去属于达官贵人私宅，解放后政府收过来分给多家居住，有的大院里住着十几户。当我们聚拢到大门前时反倒不知所措，因为里面住户很多，不知道瘦老头的家是哪间房。吴南皱着眉头经过认真思考，神情严肃地说，“看来，这里就是特务据点了，他们晚上肯定还要出来活动。这样吧，我自己留下来蹲守，你们先回去吃饭，然后再来换我。”

我们几个没有任何异议，乖乖地服从命令，好在此地离少年之家不远，赶紧背着书包匆匆赶回去。

晚饭照例是我们六个人共坐一桌，大家心怀鬼胎，想说又不敢说，只能互递眼神。管生活的李老师提来一大桶粥、一笸箩馒头，还有一桶炒菜。她总是把头发梳得油光锃亮，浑身上下干净利落。她有一双鹰隼般的眼睛，可以见微知著，一俟发现孩子中间的不良苗头立刻汇报给少年之家院长。我们都不怎么喜欢她。此刻她好像发现了这几个人神神秘秘的，用犀利的眼光看着我们。

“林林，你们没出什么事吧？”

“没有啊，李老师，我们都挺好的。”林林一脸不自然的假笑，连我都能看出来。

李老师怀疑地看着我们，然后转身去了别的桌子。

少年之家的孩子吃饭速度都很快，因为你吃光盘里的那份菜还可以举手要求加菜，如果吃得太慢菜已分光，想加菜就没希望了。我们匆匆喝完粥，吃了几口馒头和炒胡萝卜丝，谁也顾不上细品菜肴味道，就推开碗筷离开饭桌。

“快，快！”梅梅用眼睛示意我，并用手指指小盆里剩下的两个馒头。我在几个同桌的掩护下，趁李老师没注意赶紧把两个小馒头揣进上衣口袋，一直在“特务”老窝处蹲守的吴南还没吃晚饭呢。

少年之家有规定，天黑以后不许随便出大门。趁天没黑我们分别往外走，躲开传达室老大爷的眼睛，一个个神神秘秘悄没声地溜出大门，去执行监视“特务”的光荣任务。

路灯亮了，温柔的光线照着寂静的胡同小路。那扇朱漆大门还没动静，吴南一直忠实地守在门外，神色疲倦，脸上还有几道脏手擦汗后留下的痕迹。大门口没地方坐，年纪小的孩子骑坐在门口石狮子身上，梅梅拖着一条病腿困难地坐在台阶上，其他人一直来回溜达，腿都走酸了。

胡同里偶尔有下班回家的住户经过，都用奇怪的眼光打量我们，一个住在大宅门里的中年妇女直接问我们找谁，林林支支吾吾地说在等同学。那个妇女警惕地看了我们一眼，推开朱漆大门进去，又返身把门关严。

“我看特务今天可能不接头了。”吴南一边咬着馒头，一边说。“咱们都撤吧。”

大家很失望，还是默默地离开那扇大门，走到胡同口和吴南道别。不过人人心中依然激动不已，毕竟是做着与国家安全有关的大事啊。

夜幕降临，澄净的夜空托着几点星星，高高的路灯放出黄色的柔光。马路上安静得像夜晚的草原，只听见墙根下秋虫的叫声。偶尔，一辆头上顶着大煤气包、“鼻子”向前凸出的公共汽车轰鸣而过，尔后，一切又归于宁静。一两个迟归的人骑着自行车超过我们，车前亮着磨砂灯，为车灯发电的小发动机绑在后面的轮胎上，骑得越快灯越亮。因为这种车前灯需要摩擦生电，老远就能听见“嗡嗡”的摩擦声。

最后，马路上只留下我们唧唧喳喳快乐的孩子。大家还沉浸在执行秘密任务的兴奋中，回忆着每一个细节，然后放肆地大笑。从“特务窝”到少年之家只有5分钟的路程，我们磨蹭了20多分钟。哦，在这快乐的夜晚，那轮奶黄色的月亮为何如此之圆？

快走到少年之家门口时，林林忽然拦住我们说：“要是李老师问起来，咱们怎么说。”

“就告诉她我们抓特务去了。”一个孩子不加思索地说。

“少年之家有规定，不准在外面玩到天黑。”梅梅说：“她会告院长的。”

“那可怎么办。”一个年龄小的女孩子着急了。

林林说：“我们不要一起回去。分开走，就说学校给补课，所以晚回来了。”

梅梅叮嘱着：“大家统一口径，谁也不许叛变啊。”

我们都答应了。

一切顺利。李老师好像没有发现我们的行踪。宿舍按时熄灯后，我们躲在黑暗中唧唧喳喳地说话，抒发着激动心情。

第二天，我正要去上学，忽然发现了新情况。李老师正在少年之家门口和一个人低声说话。那人好熟悉，我定睛一看，天啊，就是那个瘦老头儿！难道他要接头的人就是李老师？难怪昨天等了半天没见他出大门，一定是李老师发现我们去蹲守，不去接头了。或者，也许是瘦老头发现我们跟踪他，跑来告诉李老师？

我立刻叫来林林和梅梅她们，把自己的猜测告诉她们。大家决定偷听他们的谈话。我们一个个装作没事人一样，慢慢从他们身边溜过，当我路过时，李老师忽然叫住我："佳佳，昨天你们吃完晚饭又出去了吧？"

"……是呀，我们去补课了。"

"所有人一起补课？你们又不是一个学校的。"李老师鹰隼般的眼睛直视着我，瘦老头也回头看着我。我慌了神，额头都出汗了。幸亏梅梅一瘸一拐地走过来"救驾"，她拉着我一本正经地说："佳佳快走吧，要迟到了。"

李老师在我身后说："晚上回来我再问你。"

我们走出大门后聚在一起，把刚才听到的只言片语连在一起。

"那老头好像在问少年之家需要什么蔬菜。"

"李老师说需要一些茄子和西红柿。"

"这是什么意思？是对暗号吗？"

“也许是吧，搞不清楚啊。”

“……李老师不像特务。”

我决定把这个情况报告给“总指挥”吴南，让他分析一下。

趁课间休息时，我急不可耐地把新情况向吴南汇报。谁知一直对抓特务“伟大事业”着迷的吴南突然变卦，宣布放弃不干了。

“为什么？”我奇怪地问。

他有些不好意思地说，“昨天回家太晚，爸爸非要问原因，我只好说了。结果我爷爷说他认识那个瘦老头儿，他是帘子胡同居委会主任，没事儿就喜欢在胡同里转悠，看看谁家有困难好帮助人家。我爷爷还说他是个非常好的人。”

“那就是说，他肯定不是特务了？”

“不是。”

“那……他为什么去少年之家找李老师，还问要什么菜。”

吴南想了想，“这个我可不知道。”

我很失望，“就是说他们都不是特务？”

“肯定不是。爸爸还数落我一顿，让我上课认真听讲。”

我回到少年之家把情况报告大家，本来斗志昂扬的几个人立刻像被针刺破的气球一样泄了气。

晚上李老师把我叫出来继续追问，我只好如实汇报了事情始末。李老师听了忍不住扑哧一声笑出来，说那个瘦老头是王大爷，帘子胡同管事的，年年都当好干部。他来少年之家是帮助他们胡同一个菜贩推销蔬菜，也顺便帮助我们。为了表彰我实话实说，她还带我到她的宿舍，亲自用梳子沾着水为我梳头。这可能是她奖励孩子的最高待遇了。她自己就是这样每天一丝不苟地用木梳子沾着水，把头发梳得光可鉴人。

瘦老头不是特务，李老师也不是嫌疑人，宿舍里的孩子们顿时觉得很无趣。不过梅梅又有了新发现，她指着小桌子上的纸盒子说："看，咱们的蚕宝宝吐丝了！"大家听了立刻围过去观看，七嘴八舌地评论着，把抓特务的伟大事业忘到了九霄云外。

很多年过去了，我后来见过一次林林，她在大学教书，已经成了教学英语的专家，许多大学英语教材就是出自她手。这次偶然邂逅，我们还提起当年少年之家抓特务的那一段故事，相对开怀大笑。林林的笑眼里放射出喜悦而温情的光芒，对我说："不知道吧，你当年闹抓特务，还当了我的半个红娘呢。"

呵呵，我才知道她的丈夫叫吴南，是一家大型国家企业的副总工程师。

嫌疑犯

1967年10月，中央“文革”小组发出学校复课闹革命的通知后，各地大、中、小学才陆续复课。等我回到原来小学时已经该上五年级了。在家里游手好闲晃荡了一年多，那种自由放飞的快乐感觉逐渐消失，只剩下百无聊赖，甚至有了“我要上学”的渴望。再回到学校，发现这里已面目全非了。教美术的王老师被遣回原籍，原来的体育林老师当上校领导，成了革委会主任；班上转走几个老同学，又填补上几个新面孔。返校没多久我们就遇上了震惊全国的西单商场爆炸案，还差点儿从我们班上抓出“凶手”。

那是1968年4月的一个下午，为了赶写黑板报我和红兵将近6点才走出校门。在我们身后，看门的大爷把学校的朱漆大门吱扭吱扭地关上，西边的太阳也收回她最后的光芒。我们照例从大木仓胡同拐到南北向的西单商场商业大街上，这是放学的必经之路。红兵说她想买个军用帆布书包，我俩便决定一起去对面的西单商场逛逛。比起现在的豪华商厦，那时的西单商场简陋得像个乡镇商业中心，却是全北京商品最丰富的地方之一，与王府井东安市场比肩齐名。外地亲戚来北京都要去那里走一遭，就像去西安一定要参观兵马俑、到了福建莆田必拜妈祖庙一样。

红兵就是“文革”前的大队长李小梅，也是我们机关大院的。有一段社会上掀起改名浪潮，孩子们都凑热闹跟着改名，改得一个比一个革命。结果大家的名字都很类似：向阳、向东、红兵、卫东，等等，有时候学校点名叫一声“向东”，好几个人答应，在路上随便喊一声“卫红”，准有几个人回头。小梅革命得更彻底，不仅改了名字，连祖宗姓氏都改掉了，不姓李，姓红，也不知她是怎样过了爷爷奶奶那一关的。眼下少先队解散了，她的大队长和我的中队委都没的当了，想要求进步就要争取加入红小兵。

商场门口和其他地方一样，贴着大幅“文革”标语，似乎是“毛泽东思想万岁”一类。我们刚进商场，就在大厅里遇见班上一个叫马凯的男生。他正笔管条直地站在大厅中央，仰着脑袋看天花板。

那时候商店里的售货员卖东西并不直接收现金，只开票。天花板上拉着好几条粗铁丝，上面吊着大大小小的铁夹子，售货员把钱和小票夹在夹子上用力一推，夹子就滑到尽头收款员那里，收款员收下钱算好账后，把要找的钱和收据再夹到夹子上，把夹子推过来。如今这种空中飞夹的场景早已消失，成了有趣的童年记忆。

马凯是复课后从外校转来的，他家就住在学校附近胡同里。我上的小学属于实验小学，实行五年学制，“文革”前北京只有三所。学校入学考试很严，我们大院里有不少孩子都考上了这所小学。复课后来插班的孩子都没经过入学考试，只因为家住附近允许就近入学。马凯有一张长方形脸盘，皮肤黝黑，壮实得像头铁牛，但性情有点儿古怪。比如他喜欢把下巴颏抵在课桌上，眼睛向上翻着看黑板，可以一动不动地坐半天，这姿势很难拿，一般人坚持不下来。他自己不吃猪肉也见不得别人吃。一次大胡带了几根广东腊肠，吃午饭时在教室里打开饭盒和小钟你一根我一根地大嚼，还一边大声说笑。马凯瞪了他们半晌，说：“你们再吃，我就把饭盒扔出去。”

大胡也把眼睛一瞪：“你敢。你扔，扔个试试。”

马凯二话不说，真的“嚯”地站起身，走过来抄起大胡的饭盒就扔出窗外。只听“哗啦”一声，盒子里面的香肠馒头洒了一地。

火冒三丈的大胡立刻扑上去，抱住马凯扭打起来，两人都不是吃素的，算是棋逢对手、将遇良才，最后一起摔倒在地上滚来滚去、难解难分，还是年轻力大的数学老师闻讯赶来，才把他俩拉开。

因为是后转来的，马凯和班上的女生始终是七成牛扒——

不熟。那时候社会上已经开始流行分男女界限，我们几乎没和他说过话。此刻，他明明在人群中看见我们也绷着脸不打招呼，还是我主动上前问："马凯，你来买东西呀？"

"啊。"他含糊地答应着，一边赶紧把手里一个红白相间的玻璃丝网兜藏到身后，似乎不想让我们看见他一个大男孩儿带着这种女里女气的物件。那时大妈大姐们逛商店都喜欢带着一个像渔网一样的网兜，既轻便又结实。虽然网兜在商店里也有出售，但是大妈大姐们还是愿意买来玻璃丝亲手编织。那时没电脑、没电视、没手机，又不允许打扑克打麻将（被划定为剥削阶级的生活方式），下班后闷在家里无事可做，织毛衣、勾窗帘、编网兜就成了婆婆妈妈们打发时光的主要方式。

当马凯把头偏过去很不情愿地回答我的提问时，我注意到他脸上靠近眼睛的地方红肿了，不知道是跟谁打架留下的纪念。

我们简单打过招呼之后就各奔东西。我和红兵去了卖书包的柜台，那里比较清静。柜台后面有两个戴着蓝色套袖的女售货员站在那里一边嗑瓜子一边聊天，张家长李家短地摆划着。红兵千呼万唤的一个售货员才不耐烦地走过来，态度冰冷地说了一句：

"要斗私批修，买什么？"

红兵赶紧回答："为人民服务，有绿色帆布书包吗？"

"我们都是来自五湖四海，没有。"

"下定决心，什么时候有啊？"

"不怕牺牲，下星期来看看吧。"

这些台词现在看来很搞笑，那时却是进入阿里巴巴大盗宝库的密码，你若是答不上来在商场里连一个扣子都买不到。正当我们失望地准备离开时，红兵忽然看见在她们放瓜子皮的报纸下面露出半个军绿色书包，她顾不得说“密码”，直接问售货员：“那里是不是还有一个书包？”

售货员回头看看，无奈地说：“就剩最后一个了！”

红兵赶紧掏钱：“就要那个。”

买书包照例是售货员开小票，用铁丝上的夹子夹住钱和票，滑向收款员。等到票据再滑回来，已经过了15分钟。这期间售货员一直在嗑瓜子聊天，我们只好一直耐心等待。

红兵拿了书包，我俩走出商场，快步去西单十字路口赶公共汽车。虽然大串联之风渐弱，但北京街道上依然人流涌动摩肩接踵，因为伟大领袖毛主席不知何时会突然在天安门广场接见革命群众，之前毫无迹象，也无通报，害得全国各地的忠诚战士只好聚集在首都翘首死等。

走到大1路车站，发现等车人太多根本挤不上去，只好按照惯例向西去民族宫站，那边人少，容易挤上车。刚走到民族饭店就隐约听到闷雷一样的响声，脚下的石板地略微有些颤动。我们停下来四周张望，红兵说是打雷，我认为是放鞭炮，甚至怀疑有最新指示发表了。看看街道上的行人依然故我，并没有惊慌失措的样子。这时汽车开过来，我们没多想，抓住车门极力把自己缩成纸片一样才勉强挤了上去。

晚上，西单商场发生炸弹爆炸的消息像长了翅膀一样飞遍机关家属大院。那时没有电话、手机、电视，消息传播全靠那些爱串门子的妇女和孩子们，而经过口口相传的事情往往以讹传讹。于是谣言四起，有人说商场爆炸后成了一片废墟，死了好几百人；有人说整个商场大楼都炸塌了，窗户飞出去半里地；还有人说那里发生了枪战，爆炸是手榴弹造成的。几天后才搞清实情，爆炸案发生在那天下午6点45分，死5人，伤了100多人。

父母知道我下午还去过西单商场，庆幸之余又带着后怕。我一下子想到马凯，我们相遇的时候已经快6点了吧，他会不会还在现场。不过，如果他只是进去买东西早该回家了。

第二天上学才知道，爆炸时马凯就在现场，而且一整夜没回家，目前生死不明。我和红兵因为在商场见过他被保卫处的老师叫出去反复询问。

下午上自习时，同学们都在一起嘀嘀咕咕地讨论爆炸案，猜测马凯下落。自习下课后，红兵跑来找我说："来了两个警察，老师叫咱们去呢。"

我跟着她穿过庭院来到教师办公室。这里是西厢房，外面斜阳明晃晃的更显得屋里光线暗淡。我的眼睛适应了好一阵才看清一胖一瘦两个警察坐在办公室里，神色严肃。旁边站着革委会林主任，她照例梳着垂直挂面一般的齐耳短发，更显得脸圆圆胖胖的。

林主任见我和红兵像两根棍一样笔直地站在门口，便说："都进来吧，站到这边来。你们再说说当时和马凯碰面的情况，他有什么异常举动？他没说什么吗？"

我俩背着手站在警察面前，又把与马凯邂逅的所有细节说了一遍，我们搜肠刮肚地补充新情况，还为他是左手还是右手提着那个红白玻璃丝网兜争执起来。

“我记得是右手拿着网兜。”我说。

“是左手，你一定记错了。”红兵肯定地说。

“是右手。”

“左手。”

胖警察打断我们，问：“那个网兜里没装什么东西吗？”

“没有。”我说。

瘦警察说：“根据现场调查，炸弹是在离地面一定距离爆炸的，就是说作案人应该是在提袋里装着炸弹。”

“你们仔细想想，”林主任提高声音说：“你们脑子里要有阶级斗争这根弦。”

红兵说：“他的网兜里真的没东西，是空的。”

我也赶紧说：“向毛主席保证是空的，我记得很清楚。”

瘦警察皱着眉头问：“他当时真的什么也没说？”

林主任赶紧插嘴：“你们可都是要争取当红小兵的，对坏人坏事不要有什么顾虑。”

我一时搞不懂林主任是什么意思，也许是提醒我们不仅要诚实，还要多提供些细节吧。我仔细想了想，说：“我看见他的脸上有一块红肿的地方，好像是和谁打架了。”

警察很注意我的话，连忙在小本子上纪录下来。

最后，胖警察说：“这个马凯暂时被列入失踪人员名单，还不能排除他有作案的可能。如果你们发现什么情况，及时报告。”

当我们返回教室时立刻被同学包围起来，大家七嘴八舌地询问我们和警察谈话内容。教室里一片乱哄哄的，大家都在议论，马凯现在到底在哪里？他是否还活着？如果活着为什么不回家？他是否参与作案？作案动机是什么？等等，那堂自习课成了马凯下落的分析研讨会。

两天过去了，马凯依然音信全无，据说他母亲都哭晕过去了好几次。班主任陈老师也很着急，一有空就跑到学校革委会去打听消息。

第三天上午快下课时，梳着挂面短发的林主任忽然来了，身后还跟着两个警察。她表情神秘地把陈老师叫了出去，全班同学的脖子都像被线栓着的木偶似地伸长了往窗外看。过了一会儿，陈老师领进一个人来，全班人顿时愕然：是马凯！他神奇地复活了，而且被无罪释放。他脑门粘着纱布，一条胳膊上缠着纱布绷带，和从前一样做出一副满不在乎的样子大摇大摆地朝自己座位走去。小钟在半路还拽了一下他的衣角，小声问：“哥儿们，怎么回事，以为你死了呢！”

马凯并不答话，一屁股坐在椅子上，脑袋仰得高高的。陈老师用讽刺口吻说：“马凯，你行呀你，都上了嫌疑犯的名单啦，还这么神气。”马凯闻听后赶紧把脖子一缩，低下头来。下课铃响了，他立刻成了班上明星级人物，被大家团团围住，连平时的江湖冤家小钟和大胡都上赶着跟他套瓷。同学们七嘴八舌的，无数问题抛向他：

“马凯，这两天你躲到哪里去了？”

“爆炸时你害怕吗？”

“你离炸弹有多远？”

“看见死人了吗？”

“你胳膊是被炸伤的吗？”

马凯似乎很不习惯这样聚焦在众人目光中，他什么也不说，而是烦躁地推开大胡他们：“去去去，离我远点儿。”然后坐在自己的坐位上，任你如何询问只是一声不吭。

他的确是个怪人。那天下午，炸弹就在离他不远的商场门口过道处爆炸，他那时已经买完了茶叶，正在里面的文具柜台前看一支金星钢笔。爆炸引起的冲击波将窗户和柜台的玻璃震碎，他被飞溅的碎玻璃划伤。面对眼前的浓烟他一时发懵了，下意识地钻到柜台里。不过他既没有喊叫也没有吓哭，在如此恐怖的突发事件面前，他想到的不是害怕，而是如何玩失踪，让老师和家长都找不到他。

原来马凯在去商场之前跟母亲拌嘴吵架，还因为不肯去商场买茶叶挨了父亲一巴掌。后来他气呼呼地拿着玻璃丝网兜摔门走了，没想到这一去竟出了事。他母亲伤心欲绝，哭着说早知道发生爆炸说什么也不会逼孩子去商场，让他就这么心怀怨恨地走了。父亲也很后悔不该打他，并想起马凯平时的种种好来。奶奶哭得死去活来，全家人都觉得马凯是个难得的孝顺孩子。

马凯真是个倔人，对父亲那一巴掌的愤懑使他宁愿躲在柜台里不出来，直到消防员发现了他。人们看他满脸是血便把他抬上商场外的急救车。

在医院里，他冷静地看着护士给他打针、包扎，任凭谁来问只是装哑巴不说话。由于他死活不肯说出姓名，引起警方怀疑，包扎好伤口后警察把他从医院带到派出所作为嫌疑人拘留了两天。最后，他终于开口了，竟是哭着请求警察再多扣他几天。也许从爆炸到被拘留，他懵懵懂懂的，始终没搞清发生了什么状况，记忆还一直停留在挨打的那一刻吧。

警方经过反复核对后立刻把他送回了家，奶奶破涕而笑，父母大喜过望，立刻掏钱给他买了盼望已久的金星钢笔，还答应放暑假带他去宁夏老家玩。他从来没有得到过这种宠爱，真是因祸得福了。

马凯失踪事件水落石出，不仅全校同学，连许多家长都听说了他的故事。后来知道，那次真正的案犯已经在爆炸中丧生，其作案动机是因为自己出身不好，家境贫寒娶不上媳妇，对社会产生不满。

……

多年后，我和红兵恢复了联络。当年最憎恨美帝国主义的人，最要革命到底甚至把姓氏都改了的人，改革开放后一头扎进大洋彼岸的美国，做了半辈子的家庭主妇（不知为何我的熟人中，似乎思想越“左倾”的越早移民美国）。红兵在电话里告诉我，她上次回国遇见了一个熟人，马凯。

马凯？我思索了半天才想起是我的小学同学、那次爆炸案的嫌犯。我连忙向红兵问个究竟，她说那天在动物园一带拦截了一辆出租车，上车后意外发现司机就是马凯。

“你不会认错人吧？”我在电话里问。

“不可能，我对人相貌的记忆是一流的。”她说：“开始我还不敢认，到红灯停车时才用蚊子一样的小声在后面试探性地叫了一声：‘马凯’。没想到他回头立刻说出我的名字，并说，‘你拦车的时我就觉得像。’他可和小时候不一样，特喜欢说话。他说中学毕业后在首钢当工人，后来买断工龄下岗了。别人都幻想着依靠单位救济，他就想靠自己，学会了开车，干起开出租这行。他说幸亏转型早，进了国营出租车公司。我下车时他说什么都不收钱，我把钱放到座位上，他停住车拿着钱还追了过来，非不要。”

这个倔劲儿倒像他小时候。我眼前又出现马凯的样子：长方形脸盘，黝黑的皮肤和壮实得像头铁牛的身板。虽然我们同住一个城市，但是在车流滚滚的北京很难和他邂逅，惟愿他一生平安。

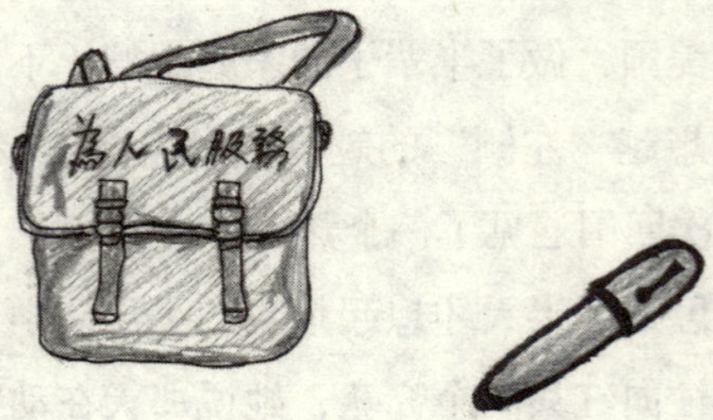

大堂姐

我父母都是解放初期从外地到北京工作的，父亲是北方人，母亲是南方人（当时比较常见的组合）。我家在北京根底浅，没什么亲戚，只有一个堂叔在大学里做行政，堂婶在附属中学当校长。虽然两家距离较远，但因为常走动，他的两个女儿依然成为我儿时玩伴。两个堂姐聪明活泼，学习不错，尤其是大姐，总是喜讯频传，还当了几年少先队大队长，自幼就被叔叔伯伯们算定将来必有大出息。

我上小学后，逢周末老爸都让我去堂叔家住一夜，看望七奶奶。七奶奶是堂叔的妈妈，也是我爸名义上的母亲。因为七奶奶婚后好几年没生儿子，爷爷就把我爸过继给她家，没几年堂叔就出生了。对我频繁地造访堂叔家老妈颇有微词，理由是我出生时老爸因“四清”运动去了乡下，她从住院到生产，堂叔家竟没一人来探望。我三岁时麻疹流行，老妈怕我被传染提出暂时送去七奶奶家，堂婶借口家中已有两个孩子太挤而拒绝了。其实堂婶参加革命早，资格老，家里住房也宽敞。我想大约那时老妈就与堂叔家有了嫌隙。

厉害的大堂姐

堂叔家的两个姐姐总是巴望着我的到来，一见面大家又笑又跳，亲热得不行，可是只要多呆半个时辰就会互相瞅着不顺眼。由于年龄相仿，我和二姐每次做游戏都要为芝麻绿豆小摩擦吵架呕气。有个晚上，我和二姐因为玩耍拌嘴，她居然赶我走。我一气之下真的摔门走了出去。七奶奶家在八大学院，离我家所在的皇亭子有十几里地，外面黑漆漆的，我自己怎敢独自回家？我在学院宿舍的大门口踟蹰不前，希冀两个姐姐前来追赶。

过了半个小时还不见人影，我害怕得蹲在地上抽泣起来。身后忽然有个声音说：“害怕了吧，早知道别逞能呀！”

是大堂姐。原来她早就奉堂叔之命赶上来，故意藏在一边不答理我，让我体验体验独自一人在黑夜中的这份恐惧。接着大姐就板起脸训斥道：“小屁孩儿，你还挺拧的，有本事你自己走回家呀。你是来看奶奶，还是来和她吵架的？”训完了她扭身就走，我只好小跑着跟在她身后。

大堂姐长我三岁多，总觉得我是小屁孩，很少答理我，常常见面五分钟就去做自己的事情；如果我拉她做游戏，她就会高傲地挥挥手说：“去去，一边玩去！”而我作为低年纪的“小豆包”，对她总是满怀景仰之情。

大姐聪明漂亮，大眼睛，高鼻梁，黑色的眼睫毛自然向上翻卷，长得很洋气。她胆子特别大，游泳时别人不敢跳水她敢，爬山时能和男生一起登上山顶。堂婶是学院附属中学的校长，大姐上的是附属小学，这使她在学校里顺风顺水，似乎学校里什么好事都有她的份：一年级时给苏联专家献花；二年级作为区里的少先队代表参加国庆表演；三年级又被推荐到少年宫参加绘画比赛；四年级在全校大会上当主持人。后来中央人民广播电台银河少年合唱团来学校招生，大姐嗓子不好，唱歌跑调，可她非要争这个报考名额，堂婶不愿意给她托关系说情，她就自己闯进校长办公室，央求校长允许她参加合唱团考试。校长和堂婶关系不错，同意了她的要求。后来她虽然参加了考试还是被刷了下来。

大姐一有好事，堂婶就高兴地通知亲戚朋友。我们两家人在一起聚会吃饭时，堂叔堂婶总是对大姐赞不绝口。老妈则拿我的学习成绩说事儿。我上的实验小学是当时北京市的重点小学，我的成绩经常名列前茅，足够给家长长脸的。

大姐身体棒，尤其喜欢跳绳、踢毽和游泳。堂婶很注意孩子健康问题，早早鼓励大姐二姐参加体育运动，暑假里几乎每天都去学院游泳，大姐后来还当上了校游泳队队长。与结实壮硕的大姐相比，我瘦弱得像棵豆芽菜。小时候我很崇拜大姐，每次来家里，我都喜欢带她到人多的地方转悠，骄傲地向朋友介绍。

大姐来访时总要换上一身新衣服，有时穿一件紫红色灯芯绒罩衣，有时是一身雪白的确良衬衫配蓝裙子，不管穿什么总是显得气质不凡，袖子上永远别着三道红杠的大队委标志，十分抢眼。那时候买衣服需要布票，每家都有定量，而大姐却经常新装在身，可见叔婶对她十分宠爱。在机关大院里，朋友们都知道我有一个出色的堂姐。

“文革”风雨

“文革”期间，当校长的堂婶受到严重冲击，被学校红卫兵拉去关了起来；堂叔在单位也受到审查，交代问题不能回家。家中被抄，七奶奶整天提心吊胆，担心红卫兵造反派再来打砸抢。老爸见况只好把七奶奶接来我家住。两个堂姐没人管，像游魂野鬼似地过起了自在生活。老爸经不住我的软磨硬泡，终于同意我去和她们住几天，横竖在家里也是游手好闲地在楼道里“摸瞎子”。

七奶奶家住在八大学院。1952年政府选择北京西北郊的一片菜地建设学院区，那里集中了八所大学和研究院，如地质学院、航空学院、钢铁学院、石油学院、矿业学院、医学院等，人们习惯称那一带为八大学院。我从居住的皇亭子（军事博物馆）坐车到叔叔家需要走四十多分钟。上小学时我开始有了储蓄攒钱的习惯，总是徒步去，把车费省下来。

我一般沿着玉渊潭公园清凌凌的湖水走到东门，一路闲看岸柳下的垂钓者和游泳的孩子们。出东门往首都体育馆方向走，经过钓鱼台东门、紫竹院公园，穿过中关村到达成府路。那时的中关村还是遍布水塘和庄稼地的郊外，路两旁全是高大挺直的杨树，夏天的蝉声此起彼伏不绝于耳，拉着西瓜和蔬菜的马车不时经过，留下马粪味和菜叶的清香。走出好远也见不到一个像样儿的建筑物，偶尔可见隐蔽在树后的简易公厕。我一般走这条路到七奶奶家需要两个多小时。

“文革”开始后，沿途看见不少横幅和标语牌子，越往八大学院走越热闹，不时看见几辆卡车匆匆开过，上面站着身穿军绿色服装戴红袖标的红卫兵，他们大声高唱着革命歌曲。走到地质学院门口，看见一些人手拿棍棒从卡车上跳下来，另一边有人吹哨子，紧急集合队伍。我牢记老爸的叮嘱，见到聚众热闹的地方躲着走。那时候这些大学既是“文革”发源地，也是武斗的发轫地，最斯文的高等学府已经成了狰狞的斗殴战场。

七奶奶家在某学院宿舍大院里，一排排六层红砖楼最里面那栋。与我们机关大院不同，大学宿舍楼似乎没有按级别进行严格区分，楼房从外表看十分雷同。

进门时我一愣，门上贴着标语，“×××不投降就叫她灭亡”，堂婶的名字上还打着大黑叉。门上没贴封条，否则两个姐姐真是无家可归了。

堂叔和堂婶的不幸好像并没有影响到大姐二姐情绪，开门见到我的那一刻依然像以前一样高兴，我和二姐照例手拉手跳起来尖叫。这次大姐没有像往常那样训斥我们，而是骄傲地指给我看她胳膊上的红卫兵袖章。虽然她是黑帮子弟，因为能和反动权威家庭划清界限，红卫兵组织还是吸收了她，我看着既羡慕又眼馋，对大姐更加仰慕。

后来才知道，人家红卫兵组织根本没打算吸收大姐，大姐就跑到他们的总部去质问。一个小头头说："你妈是反动权威，我们怎么能让你当红卫兵呢！"

"好，那你说，我怎样才能参加红卫兵？"大姐大声地问。

"……去揭发你妈，贴大字报，把她平时的反动言行都写出来。"

大姐立刻卷了一卷大字报纸回家了。她在屋子里苦思冥想了半天，用毛笔字歪歪扭扭地写了一篇揭发堂婶的大字报。无非就是某年某月，堂婶请学院的某人来家里做客吃饭；某月某天，堂婶给某人的孩子买了一两个玩具；大姐还控诉堂婶在家里总让七奶奶做饭，自己吃现成的，等等，最后又堆上了一堆革命口号。大字报就贴在食堂外的墙上，引来许多人观看。大姐此举算是与反动家庭划清了界限，就这样混进了学院大院的红卫兵组织。

大姐比以前忙碌多了，指挥我们帮她刷糨糊贴标语。比起坐在书桌前读书写作业，她显然更喜欢做"革命工作"。她和几个同样戴着红袖标的男女学生站在教学楼前大声讨论什么，还对周围指指点点。冷风疏雨里，我和二姐站在一个长条高腿凳上往教学楼外墙上刷糨糊，手冻了，哈哈气接着干。标语的内容无外乎是“毛泽东思想万万岁”、“批倒批臭走资派”、“拿起笔作刀枪，集中火力扫黑帮”，无甚新意。每隔一段时间大姐就过来视察工作，还大声呵斥，嫌我们工作效率太低。

食堂前面电线杆上的高音喇叭播放着一个女声清脆地念着声讨黑帮檄文，其中还点了堂婶的名字。大姐二姐好像没听见似地只顾做事，也许早就司空见惯了吧。

七奶奶走了，吃饭成了最头疼的大问题。我们三个都不会做饭，连酱油醋去哪里买都不知道。大姐只好带我们去红卫兵总部找食吃。

总部建在教学楼的三层，里面有几张桌子，摆放着蜡版、印油、油印机和许多稿纸；地上横七竖八地晾着墨迹未干的标语，让人记起电影《红岩》中革命者印刷《挺进报》的情景。披着军绿色棉大衣的高年级学生在角落里开会，煞有介事地讨论着斗争形势。大姐走过去和他们低声说了几句，几个人转头看着我和二姐，表示同意的样子，之后大姐带我们进了里屋。桌子上摆着一个柳条编的大笸箩，里面放着些已经凉硬的白面馒头，有的被掰成半个，一看就是吃剩的。旁边放着小半碗白糖，桌上还洒了一些糖渣。馒头夹白糖，这就是“文革”初期，包括红卫兵大串联时期最普及的革命食品。最讲究吃的中国人在那个时代就是用这样的能量补充身体，将自己燃烧成一支支革命火炬。

填饱肚子后，大姐说据可靠情报造反派可能要去家里捣乱，今晚不能回家了，就住在总部。我和二姐兴奋异常，终于能参加红卫兵工作了。初夏的夜晚并未褪去凉意，晚上我们披着不知是谁的蓝色肥大工装挑灯夜战，刻蜡版，印传单，被满屋子浓浓的油墨味熏得头疼。不知不觉中我俩裹着油渍斑斑的外衣躺在木板地上睡着了。

天刚破晓，外面声嘶力竭的高音喇叭声把我们从梦中惊醒，大姐用脚踢着我们："快起来！瞧你俩，饭没少吃活没多干，睡得跟死猪似的。"

二姐揉着眼睛说："困死了，这么早就吵人。"

"'联指'的人都快冲进来了，你们赶紧回家吧。"

"联指"是大姐他们组织的对立面，叫"联合行动指挥部"，都是些十三四岁的初一学生。其实就是几个毛孩子凑在一起起个时髦名字搭个草台班子，自成一派。伴随着杂乱沉重的楼梯声，转眼间他们已经冲上楼。首先闯进屋子的是三个斯斯文文的男孩子，他们一进门就踢翻凳子，抄起桌上的稿纸乱扔。这些行动结束后似乎不知道下一步还应该干点儿什么，一个白白净净的男孩子指着我问："喂，你是哪儿来的？"

二姐立刻说："她是我妹妹，从城里来的。"

男孩子想了一下，立刻举起拳头高呼："不是学院的滚出去！"

其他两个男孩子跑过来一把抢过我的书包，把里面的作业本和铅笔盒扔出来。哗啦，铅笔橡皮撒了一地。我哇地哭了起来，一边哭一边和二姐拣起散落在地上的物品。这大约是我在"文革"中惟一一次受到冲击。

大姐带着人马赶来制服了"联指"的队员，她甚至抓起桌上的一个空墨水瓶向那些男孩子砸去，吓得他们抱头鼠窜。大姐命令我和二姐回家去，并指示我们实在饿急了先去她一个朋友家蹭饭。二姐不肯走，一定要去看看附近中学里被关押的堂婶。大姐被她缠得没办法，只好答应去看一眼。

堂婶被关押在附属中学教学主楼的半地下室，我们踩着煤堆翻过院墙，躲过看守的红卫兵小将偷偷溜到楼房后面，好不容易找到那个地下室的位置。探头往里看，阳光照射处婶婶正坐在椅子上，脸上带着乌青，身上还有血迹。两边站着攥着皮带的红卫兵，肯定都是以前她的学生。听不清楚他们在说什么，只见左边的学生举起皮带抽在婶婶身上。

“不许打我妈妈！”二姐声嘶力竭地喊叫声隔着玻璃还是让里面人听到动静，里面有个人手指着带铁栏杆的窗井，另一个人开门出去，显然是冲着我们来的。在大姐的带领下我们疯狂逃离现场，又一次体验了地下工作者步步惊心的经历。回家路上大姐绷着脸不说话，二姐在不断抽泣。快到家时大姐训斥二姐说：“你真够讨厌的，尽给我找麻烦。”

二姐顶嘴道：“我就去，反正我还要去，不让他们打妈妈。”

“你敢，你懂个屁！老实在家呆着，别让我和你急！”

此后，我和二姐就失去了作为红卫兵外围人员参加“革命工作”的权利，两个人无聊地在家里耍羊拐、丢沙包、拌嘴怄气、四处蹭饭吃。两天后的下午5点多，大姐兴奋地跑回来对我们说：“今天晚上有重大事情发生，快准备一下，吃点儿东西我们就走。”

我和二姐连忙问是什么大事，大姐神秘地说：“这是国家机密，不能随便说。”

人家大姐是组织里的人，组织有纪律，国家机密当然不能随便泄露。

大家随便吃了个馒头喝了些凉水就随大姐兴冲冲地出门了。出了学院宿舍沿着成府路往城里走，大姐说没车坐，要徒步到阜成门进城。我看到街旁惟一通往城里的31路车已经停开，车站上一大堆等车人翘首盼望，也有人在互相窃语。大姐经不住我们一再追问小声说：“今天晚上毛主席要在天安门城楼接见红卫兵，几个院校的老红卫兵早就进城了，我是刚知道的。”

我们都兴奋异常，想到神圣的时刻就要降临到自己头上，不禁脚下生风，一路小跑。

天色渐暗，我们终于走到阜成门。遇见的却是路口横挡的栏杆和站在一边解放军战士冷冰冰的面孔：“这里戒严了，不准过。”

大姐说：“我们进城有急事。”

“不行，这边都戒严了。”

大姐一把拉过我，说：“她是我妹妹，家住皇亭子，必须回家。”

“皇亭子？就是军事博物馆吧？”旁边一个协助戒严岁数大些的工人师傅看看我，用手一指：“往南再往西走就到了，不用进城。”

看来大姐拿我当借口不好使，我们的目的是进城去天安门广场，不是回家。

实在不放行，大姐只好对我们说：“咱们绕道走，从小胡同穿过去。”

我们开始穿行七弯八拐的小胡同，可是不管多小的胡同口都有大妈或者大爷在那里守卫着，他们都佩戴着红袖标，对陌生人格外警惕。没办法，大姐只好带我们退出来翻过一道矮墙，抄近路往德胜门赶。

从阜成门走到德胜门用了一个多钟头，我的脚后脖子已经磨起了水泡，可能是塑料凉鞋后挡太硬吧。二姐一路上不停地唠叨：“干吗不早点儿出来，我们应该早上就去天安门等着。”“为什么要先去阜成门，还不如直接从德胜门进城呢，白白走了那么多路。”

“闭嘴，你懂什么！”大姐训斥着二姐，吓得我也不敢说脚上起泡了。

好不容易走到德胜门，又遇见戒严部队，好话说了几箩筐人家也不让进。我们在那里等了一会儿，看见一些与我们同样不幸的学生在那里和战士磨蹭求情，同样遭到拒绝。没办法，只好打道回府。那真是一段令人难忘的回程，支撑我们狂走的美好期盼消失了，大家又渴又累，无精打采，哈欠连天。大姐二姐身体壮实还能支持；我就不行了，脚上被磨破的泡疼得钻心。我也不管她们如何讥讽，一屁股坐在路边，脱下凉鞋说什么也不走了。

大姐说：“好，你就睡在路上吧，我们走了。”

二姐也鄙视地说：“娇气包！”

没走几步她俩又转回来，蹲到我身边说：“你真的走不了了？”

我点点头，并给她们看流血的脚后跟。

大姐抬头看看周围，然后朝一个工人模样推着自行车的叔叔跑过去，对他说：“我妹妹脚疼走不动了，你能帮帮忙吗？”那位叔叔走到我身边看了看，说：“我来推她走吧，你家住在哪？”

幸好七奶奶家和这位叔叔家距离不远，于是我拎着鞋坐在自行车的后座上。为了让两个姐姐跟上，叔叔一直推着自行车步行。到八大学院已是半夜时分，还有一些群众在街道两旁聚众聊天，谈论毛主席接见的事。我十分困倦，眼前的灯光人影模糊一片，耳畔的车声人声渐行渐远。朦胧中听到有人大声喊叫：“孩子掉下来了，孩子从车上掉下来了！”原来已经进入梦乡的我从后座上滑落下来，躺在便道的地上接着酣睡。我对以后的事情模糊不清，好像和那位叔叔在一个十字路口分手告别，大姐一直拉着我磕磕绊绊地走回家。

后来毛主席一连几次接见红卫兵，全国各地的红卫兵小将纷纷扒火车、骑车甚至徒步北上，没吃没喝地在天安门周围游荡，将深藏的渴望变成张扬的呼喊，像虔诚的教徒一样苦苦地等待接见。只要有消息，大姐和她的战友们就早早进城去天安门广场蹲守，希冀见到伟大领袖。她参加了两次主席接见，过了很长时间还念念不忘当时的盛景。据说毛主席接见时广场上山呼海啸，人流滚滚，踩踏事件也时有发生。那情景与印度圣河沐浴和沙特麦加朝圣多少有些相似。

几天后我堂叔被放出来，他不过就是被堂婶株连被抓，并非走资派。而堂婶那样的中学校长就不一样了，他们是“文革”初期的第一批牺牲品，有的甚至被红卫兵活活打死。堂叔自由后四处托人，终于帮助婶婶从地下室逃出来，转移到我家暂避一时。爸爸一再嘱咐我们千万别对外人透露，妈妈也忙着帮婶婶清洗伤口。遥想解放前夕，堂婶和堂叔在军政大学恋爱时第一次去爷爷家串门，盘腿坐在炕上宣讲革命大道理，让我爸爸和伯伯们好生佩服。时过境迁，如今却落得如此，真让人嘘唏。

几天后老爸买菜回来时看见几个陌生年轻人在楼下转悠，还到处打听什么。我也发现有个人向毛毛问起堂婶的名字。看来我家的安全性也大打折扣，婶婶便进行战略转移躲避到她弟弟家去了。老爸老妈都在猜测，堂婶学校的红卫兵如何知道我家地址？莫非是大堂姐出卖的？后来堂婶的去向一直没敢告诉大姐，大家都怕她大义灭亲。婶婶一直躲在呼家楼一带一个简易楼里不敢露面，静待风雨平息。

此后国家发生了许多大事：红卫兵全国大串联，首都和外地爆发了派系武斗，中央号召大中小学复课闹革命……疾风骤雨后万木萧索，堂婶又回到原来的学校。当不当校长无所谓，能保住一条命算是万幸了。

艰辛长大

70年代初，大批党政机关及院校知识分子被送到干校劳动锻炼，堂叔家自然难逃厄运，我家也不幸躺枪，两家人几乎同时离开北京去了本单位干校，他们下湖北我们上山西，我和堂姐们只能靠书信来往了。

“文革”初期北京的多数中央单位根据毛主席“五七指示”在偏远艰苦地区建立了五七干校，把城市里“娇生惯养”的臭知识分子分批送过去进行改造。当年在干校生活的孩子们多是50后，相信即使往事如烟也难以抹去他们心中那些刻骨铭心的记忆。

我们住在山西晋南一个农村里的老乡家，一边种粮食一边盖窑洞，生活十分艰苦。我那时还不到13岁，几乎每天都要挑水担粪，保证全家人正常生活。本来就孱弱的我很快病倒了。虽然年少却知道了愁滋味，我常常坐在门槛的台阶上，羡慕地看着其他孩子背着书包去上学。老妈想给我找个条件好点儿的环境养病，就催老爸写信给堂叔，想把我送过去，毕竟比起山西湖北算是物华天宝食品丰富。堂叔不久就回了信，只字不提老爸的要求，却风马牛不相及地大谈二姐在干校劳动中表现多么出色，不怕苦不喊累，经常受到表扬；还说大姐热爱干校，特别喜欢当地的山清水秀，经常和朋友结伴出游，云云。老妈见信愤怒至极，不再和他家有任何书信联系。

艰苦的岁月里每个人都有自己的痛苦和忧伤，当度过那一段百感交集的旅程再回首时，发现我们都已经长大成人了。七奶奶在湖北干校去世，堂叔一家没有像我们一样回到北京，而是被调到河北基层单位去工作。此后有关两个堂姐的消息只能从爸爸和叔叔的通信中略知一二。

大堂姐后来去四川进了一所技术学校，这对当时的年轻人来说已经是不错的出路。据说她对成都的美食和山水喜欢得不行，“乐在蜀中”。堂叔在书信中越来越多地谈到二姐，似乎她已经取代大姐成了他们的骄傲。二姐虽然不如大姐聪明，但能吃苦，她在一家工厂当车工，工资19元8角，每月还要分出一部分给上技校的大姐当生活费。不过二姐私下和我说，大姐还是那样坏脾气，喜欢训人，两姐妹往往一见面就开战，甚至在火车站上就争吵起来。

婚姻蹉跎

大姐在恋爱方面开窍很晚，都23岁了还在鄙视其他热恋中的女同学。她对自己未来丈夫最大的要求是听话，事事顺着她——也许当惯了班干部，一直喜欢指挥别人。后来发现听话的男生都窝囊，有些娘娘气，她又嫌他们不能干没有男子汉气。这真是一件两难的事。在技校时她曾看上班里一个高个子男生，据说很优秀，后来发现自己无法驾驭，人家根本就不听她的。当着我和二姐，她总是数落那个男生的不是，比如说他脖子长，手太大，家里穷，在食堂吃饭只买5分钱的素菜，他妈妈看上去傻乎乎的，等等。

大堂姐在假期里经常回北京，一般都住在她舅舅家，偶尔也来我家住。她依然不喜欢安静地读书学习，还增添了东家长西家短嚼舌头的毛病。她从不谈新闻讲国事，而是热心带我回老家走亲戚串门子，即使八杆子打不着的远亲也要去相认。她对亲戚之间的嫌隙特别感兴趣，记得住芝麻绿豆的小摩擦，到另外一家串门时再做谈资。她津津有味地告诉我二堂伯家的大姐搞对象，她妈不同意，她和家里闹翻了；我三堂姑和四堂姑闹别扭，只为她家一个祖上传下来的破梳妆匣子，两家不怎么说话了；大伯家兄弟几个学习虽好，但是和父亲关系不好；十奶奶的孙女特别爱打扮，过节还在头上戴朵粉色的头花，俗气死了……她对这些琐事倒背如流，不断消减着她在我心中的高大形象。后来大堂姐从技校毕业后分配到石家庄一家工厂工作，和那个高个子男生的恋情也无疾而终。

伴随着国家命运好转，我们个人的命运也逐渐走上正轨。1977年我在北京考上大学，两个堂姐在外地同时考上大专。堂叔和堂婶调到河北一所大专学院工作，婶婶当了院长。大姐毕业后进入堂婶的学院当老师，她当时已经27岁了，一门心思想找个北京丈夫，离开石家庄。那些日子堂婶只要出差北京必来我家，每次都目的明确直捣主题，希望我帮大堂姐在北京找个结婚对象。我把我小学、中学、大学同学翻了个底朝天，凡是有些希望的男生都去联络，即使不十分了解的也不放过，就这样给她介绍了至少三个男生。

大堂姐对结婚强烈地向往，其主动精神令人佩服，而且从不在乎失败。只要我这边一有准信她便放下工作跑过来。终于有一天，大堂姐和一个年长她十岁的北京男人结婚了。他们的结合过于低调，不但没有婚礼、没通知亲戚朋友，连我这个介绍人都不知道。这场短命的婚姻只持续了半年。后来她和我说了好几车婆婆和小姑子坏话，对前夫有一大堆抱怨，看上去她的坏脾气一点儿没改。

离婚后大姐依然毫不气馁，照样四处出击寻找出路，她整天和家里人闹腾，要离开中国去外国发展，让他们帮忙想办法。那时人们对出国留学还不热心，对陌生的大洋彼岸心怀恐惧，而大堂姐喜欢的就是独闯龙潭虎穴。机会终于来了，在堂婶的运筹下她被学院派去学习外语，只半年就和一个外教混熟了，让人家推荐她去加拿大留学。没多久她就把二堂姐也弄去留学，她们毕业后留在当地，结婚生子。堂叔堂婶退休后也去了加拿大，大堂姐一个人把一个家庭带进了一片新天地。

堂叔去加拿大后我们两家就基本断了联系。因为他们出国时正是我爸病重之际，他很想和堂叔见上最后一面，而叔叔婶婶只在机场打了个电话匆匆告别。当父亲在死亡线上挣扎时接到堂叔来信，全部内容都是在炫耀加拿大天空多么蓝、湖水多么清、郊区山野多好玩、大龙虾多好吃，还附上他们郊游的开心照片。对于这等不通人情世故之人，老妈气得七窍生烟，警告我们从此不准再与他家打交道。

大姐二姐远去他乡，在通讯不发达的上世纪80年代仿佛去了另一个星球。当亲戚朋友们一个个都飞去大洋彼岸，孤独和思念塞满了我的心。怀念成了孤独中的必修课，那些儿时情景、姐姐们的身影也时时在夜静时分潜入梦来。我甚至有点儿怀恨改革开放，不然我的那么多亲人不会离我远去。不过自从结婚生子后要对付工作照顾孩子，再加上看护老人，实在没有精神再分心别人家的事情。

时光荏苒，一晃三十多年过去了，有一天我忽然接到一个陌生的电话，最后才搞明白是大堂姐。也不知她怎样找到我的，开口就问："你现在是不是很有钱？"

我一愣，不知道该说什么好。她接着说："人家都说大陆人现在个个都发财了。我也想回去看看，有没有做生意的机会。"

一时间，惦念和关心像潮水一样突破堤坝，我开始连珠炮似地打听他们一家的生活情况。堂婶已经客死他乡，堂叔也再婚了。两个姐姐的孩子都上了大学，有的已经毕业。谈到在加拿大那边的生活大姐说得最多的和叔叔信中反复提到的一样，那边的天空有多蓝、空气多新鲜、游玩的地方很多很多、她家还在湖边有栋别墅。这些情况不用说就知道，在国人的心目中，加拿大就是天堂一样的地方。

我忽然想起一件重要事情，问："你在那边究竟做什么工作？"

"……没什么工作，这边找工作很难，连毕业的大学生都不好就业。"

"这么多年，你一直没有正经工作？"

"……是，一直在靠，你们叫什么，救济金生活，原来每月500加元，后来多一些。房子是我丈夫家的，不用交房租。有段时间他也没工作，不过我俩救济金1000多元吃饭完全足够了。”

“二姐呢？”

“她也差不多，一直找不到像样儿的工作。不过她嫁的是华人教授，吃喝不愁。她还愿意吃苦，自己盘下个小超市，整天累得像头驴。我丈夫是当地人，不喜欢出去工作，恨不能让老婆养着，我差点儿没和他离了。跟你说我现在天天和他吵架，那就是头猪，看见他我就来气。告诉你我现在血压高得吓人，吃什么药都降不下来。我现在一回家就烦心，要不是为了少缴税早就离婚了。”

我想大堂姐真不简单，可以用英语和丈夫吵架。听口气她的坏脾气依然故我，除了和丈夫整天龃龉外，估计和婆婆小姑子也搞不到一起。

“没工作你以后养老金怎么办？”

“也不是完全不工作，也做做推销保险什么的。我交着养老保险呢，不过必须到65岁以后才能领，哪像你们那么早退休就可以拿养老金了。不过说实在的，不管怎么样也比你们在国内吃地沟油、呼吸有毒雾霾空气强多了。”

大堂姐说话依然那样不中听，我没多说几句就放下电话。三十年多来，大姐几乎一直在做家庭妇女。职场上那些无尽的趣味、挑战、风光和烦恼她都没有经历，毕竟是人生缺憾吧。凭我三十多年在职场上所经历的那些风霜雨雪和漫天彩霞，就觉得这辈子不比她过得差。

大堂姐最出色的地方就是她身上那股天不怕地不怕的劲

头，这在国内社会动荡无法无天的时期屡试不爽，而在法律森严的大洋彼岸可能就无用武之地。在动荡年代敢闯敢干的人最吃香，而在和平盛世要想出人头地，恐怕就需要真本事了。

我和堂姐们都已年过半百，各自有自己的人生；我觉得无论飘在哪里内心平安就是最大幸福。衷心希望大堂姐在大洋彼岸能心气平和地把日子过得顺遂些，也衷心希望她幸福顺意。